编委会

顾　　问：叶　民　黄翔峰

主　　编：王志强

副 主 编：陈　敏　沈梁燕

编写组成员：

王志强　叶晓萍　陈　敏　张建富

沈梁燕　张莹砾　沈　丹　杨　淼

相关二级单位纪委负责人

【"清廉浙大"文丛】

材茂行洁

浙江大学廉洁故事辑录

王志强　主编

ZHEJIANG UNIVERSITY PRESS
浙江大学出版社
·杭州·

图书在版编目（CIP）数据

材茂行洁：浙江大学廉洁故事辑录 / 王志强主编
. -- 杭州：浙江大学出版社，2023.6
ISBN 978-7-308-23864-9

Ⅰ．①材… Ⅱ．①王… Ⅲ．①故事—作品集—中国—
当代 Ⅳ．①I247.81

中国国家版本馆CIP数据核字(2023)第104868号

材茂行洁
——浙江大学廉洁故事辑录

王志强　主编

责任编辑　平　静
责任校对　黄梦瑶
封面设计　周　灵
出版发行　浙江大学出版社
　　　　　（杭州市天目山路148号　　邮政编码　310007）
　　　　　（网址：http://www.zjupress.com）
排　　版　杭州林智广告有限公司
印　　刷　浙江省邮电印刷股份有限公司
开　　本　710mm×1000mm　1/16
印　　张　16
字　　数　214千
版 印 次　2023年6月第1版　2023年6月第1次印刷
书　　号　ISBN 978-7-308-23864-9
定　　价　70.00元

　　加强新时代廉洁文化建设，是一体推进不敢腐、不能腐、不想腐（"三不腐"）的基础性工程。党的十八大以来，以习近平同志为核心的党中央高度重视廉洁文化建设，强调反对腐败、建设廉洁政治，是我们党一贯坚持的鲜明政治立场，是党自我革命必须长期坚持抓好的重大政治任务。

　　高校是建设社会主义先进文化的重要阵地，担负着培养堪当民族复兴重任的时代新人的光荣使命。落实全面从严治党战略方针，推进廉洁文化建设，是高校党的建设和校园文化建设的重要组成部分，也是高校实现健康发展、落实立德树人根本任务的重要保证。

　　浙江大学认真贯彻落实党中央关于廉洁文化建设的决策部署，始终站在勇于自我革命、保持党的先进性和纯洁性的高度，以永远在路上的坚定执着，把加强廉洁文化建设作为一体推进"三不腐"的基础性工程来抓，多形式、多途径推动廉洁文化建设走深走实。《材茂行洁——浙江大学廉洁故事辑录》深入挖掘浙江大学办学历史中的廉洁基因，充分发挥求是廉洁文化的自律、教化、育人功能，用一代代浙大人的清廉故事引导师生崇尚廉洁、见贤思齐、正心修身，不断夯实清正廉洁的思想根基，筑牢拒腐防变的思想防线。

　　本书收录的浙大人的廉洁故事中，有未枉费一钱、未枉用一人的老校长；有潜心研究、不计名利的学科奠基人；有禁奢崇俭、清风传家的院士、教授；有医者仁心、一心济世的医生。虽然经历各不相同，但是他们身上都共同闪耀着"清廉"本色。他们不仅因教书育人、严谨治学的学者风范令人敬佩，更因克己奉公、清廉自守的精神境界而璀璨夺目，充分展现了浙大人的优良作风、清正师风、清朗学风、清新医风和清廉家风。

清廉若水，源远流长。一代代灿若星辰的浙大人，以他们的高尚品德和廉洁风范激励着我们不断奋斗、勇毅前行。新时期，在各个领域刻苦钻研、勇攀高峰的浙大人将进一步传承求是廉洁精神，涵养清廉之风，高质量推进廉洁文化建设，全力打造清廉校园，为建设中国特色世界一流大学走在前列保驾护航。

目 录

马寅初

顶天立地只为公　两袖清风志报国

■ 人物名片

马寅初（1882—1982），浙江嵊县（今浙江嵊州）人。著名经济学家、教育家和人口学家。热爱祖国，坚持真理，追求进步，毕生从事经济学教学与研究工作，为国民经济综合平衡、稳定物价、控制人口等重大问题献计献策，在我国文化教育和经济事业方面做出卓越贡献。1949—1951年担任新中国成立后浙江大学首任校长。曾任第一、二届全国人大常委会委员，第一、三届全国政协委员，第二、四届全国政协常委。中国人口学会名誉会长。荣获首届中华人口奖"特别荣誉奖"。

■ 廉洁箴言

"一不做官，二不发财。"①

"最后兄弟望诸位，就是要节省经济，勿尚奢侈，不嫖、不赌、不吸食鸦片，做人应该如此，这只不过是消极的道德。我们要多做好事，为地方、国家服务，才是积极的道德。"②

---

① 杨建业著：《马寅初传》，中国财政经济出版社，2016年，第33页。
② 中共嵊州市纪律检查委员会、嵊州市监察局编：《风骨劲节：马寅初廉政故事集》，中国方正出版社，2010年，第62页。

■ 廉洁故事

马寅初的一生两袖清风，克己奉公，从不仗势欺人、任人唯亲。即使遭受蒋介石统治集团的迫害和压制，他仍然光明磊落，多次揭露政府勾结烟商、从中牟取暴利的丑行，为国家经济健康发展殚精竭虑、奔走呼吁。新中国成立后，他多次拒绝人情诱惑，反对以公谋私，保持一贯清廉节俭的作风。在国家需要的时候，他却颇为大方，积极捐款，为世人所称赞。

凛然正气，顶天立地只为公

1927 年春天，马寅初到浙江出任浙江省政府委员、省财政委员会主席之职。

在浙江任职期间，马寅初发现有许多人染上了抽鸦片烟的恶习。他认为吸食鸦片，既危害人民的健康，又败坏社会风气，而且使国家经济遭受严重损失，为此他力主禁烟。在省政府的一次会议上，他正式提出了禁烟的主张和计划，并奔走呼号，多次演讲著文，大力宣传鸦片对国计民生的极大危害，向社会呼吁彻底禁烟，揭露当时政府要员勾结烟商、从中牟取暴利的丑行。

马寅初强硬的禁烟手段挡了蒋介石统治集团发国难财的路，此事传到蒋介石那里，他大骂马寅初是"嵊县强盗"。马寅初听说后，只说："他说我是'嵊县强盗'，只说对了一半，我不是'强盗'，是'强道'。我就是要强行道出他们祸国殃民的行径。"

此后，马寅初曾遭受过很长一段时间来自蒋介石统治集团的迫害。即便如此，马寅初做人做事依旧光明磊落，克己奉公。

新中国成立后，马寅初被任命为华东军政委员会副主席。在他接受任命之后，上门来的亲友络绎不绝，都想在委员会中谋得一官半职。

因此，马寅初决定在就任茶话会上表明自己的态度。他在会上严肃地指出："新社会和旧中国是完全不同的。共产党历来坚持按组织原则和人事制度办事，反对把私人关系凌驾在组织原则之上。"他表示："过去凡给我写信要求调整安排工作的同学、亲友，恕我直言，都不能办。特此说明，希望大家谅解。"

茶话会后，他还对那些亲友一一做了回复，认真地解释和说服，也取得了大家的理解与支持。

养廉唯俭，行为世范为国虑

1949 年 10 月 19 日，在中央人民政府委员会第三次会议上，马寅初被任命为政务院财政经济委员会副主任。当时，马寅初的家仍在杭州，主任陈云便给他安排了住所；在向周恩来总理请示后，将马寅初的级别待遇评为行政三级，属于正部级中的最高档次，同好几位副总理平级，按这个级别，配有小汽车及司机，警卫员，公务员（服务员）两位，秘书两位，厨师两位。马寅初得知给自己定了这么高的待遇，当面跟陈云表示自己并不敢当，但因是周总理的意思，最后接受了。然而，即便如此，他也从不理所应当地享受，还是保持着自己一贯的节俭作风。

他曾专门召集家人亲戚开家庭会议，讲了一番新政权新气象的道理："不能像旧中国那样，一人当官，裙带一串，家人沾光。现在对于所有的私人请托，一概不能办理，希望大家谅解。我自己出门也尽量简从，减少公费开支。"从此，马寅初的"家庭会议"精神就传承了下来。

据马寅初生前的保姆马凤仙回忆：

他同普通的老百姓一样，真的很穷。他家用的家具等东西是公家的，值钱的衣服就是一件呢大衣和一顶礼帽，出去穿一下，回来就叫我给他放好。有一次外出，马夫人要给他添件像样的衣服，马先生坚决不肯。我们也劝他不能像一个普通的老百姓。他笑着说:"我就是一个普通的老百姓。"他平时不吃酒,不抽烟,连茶叶也是有客人来时喝一点。

国家暂时困难时,马先生和其他高级干部家庭一样响应国家的号召,一星期吃一顿大米饭,难得吃上肉。马先生说:"毛主席都不肯吃肉,我更不能搞特殊化,全国人民更苦啊!"

马寅初平日里舍不得多花一分钱,但是在国家需要他的时候,他却颇为大方,常把自己节省积攒下来的钱捐献给灾区和用于修建学校,一出手就是几百元。1950年1月5日,国家经济困难,发行了人民胜利折实公债。马寅初不仅率先认购了150份公债,还在杭州大街上拉开嗓门喊:"……政府发行人民胜利折实公债具有重大意义,我希望各位父老兄弟姐妹都能节衣缩食,踊跃认购……"

拳拳忠心,一身报国有万死

马寅初的一生,像是漂泊在大海上的帆船,狂风骤雨袭来,惊天骇浪翻滚,但他顽强地不愿被雨击败,不愿被浪倾覆。是爱国的信念,是爱国的力量,使他不顾一切,劈波斩浪也要等来祖国的繁荣辉煌。

1914年底,马寅初于美国博士毕业后,怀着富国强民的理想回到了祖国。这年秋天,马寅初拒绝了所有邀请入阁的说客,郑重表达了自己的立场:"我出国留学不是为了回来谋求高官显爵,而是要学以致用,做富国强民的事业。"他宣称"一不做官,二不发财",从此走上了教育救国的道路。

抗日战争全面爆发后,他目睹四大家族巧取豪夺、大发国难财的恶劣行径,不顾个人安危,奋起抨击,多次发表文章,四处奔波演讲,向全国人民揭露四大家族的恶劣行径。为此,蒋介石统治集团对马寅初既恨又怕,但因马寅初的社会名望,不便对他采取强硬措施,只得想些其他办法来压制他。未过几天,蒋介石邀请马寅初做客,提出任命马寅初担任中国驻美国特命全权大使或者其他重要职务的想法。他打得一手好算盘，想借"委以重任"的名义，一是光明正大地把马寅初送走，二来还想着马寅初能够知"恩"图报，不再大肆揭露他。

马寅初听后，未当面拒绝蒋介石。回到家后，他先是送走了一大批前来蹲守的说客，接着拿起笔墨，写下"严正声明"。

他写道：

一、值此国难当头，我绝不离开重庆去美国考察；

二、为了国家和民族的利益，我要保持说话的自由，国民党政府的立法院没有多大意思，我绝不去北碚居住，并要逐渐同立法院脱离关系；

三、不搞投机生意，不买一两黄金、一元美钞。有人想要封住我的嘴，不让我说话，这办不到！

马寅初从不爱慕虚荣，也不追求显赫。他坚持真理，不畏强暴，爱祖国，爱人民。正是这份爱，使他饱受迫害，但也正是这份爱，使得新中国成立后的他终于有希望实现他的抱负。

1949年8月26日，浙江大学几千名师生员工集合到图书馆前的子三广场，热烈欢迎马寅初前来学校就职。马寅初在热烈的掌声中走上讲台，十分激动地说："过去，在国民党统治下，我想到浙江大学担任一个普通教授的权利都没有。1947年和1948年，竺可桢校长亲自到舍下来过几次，让我来浙大任教，然而都遭到了国民党政府的无理阻挠。当时，做个教授尚且如此之难，何曾敢想做校长！"

马寅初到校后就提出"要在党的领导下，同心协力，培养切实需要的人才，建设新浙江，建设新浙大"。他认为要办好一所大学，必须发扬民主，坚持民主办学。他力倡民主决策，群策群力，在他的倡导下，浙江大学召开了首届师生员工代表大会，全校师生提出了900多条提案和建议。马寅初领导研究这些提案和建议，督促件件落实。

马寅初还经常深入师生倾听意见，发现问题，解决问题。他所倡导的民主治校的风格凝聚了全校的师生，营造了共同进步的学校氛围。

马寅初高度重视爱国主义

1950 年 4 月 1—3 日，浙江大学召开首届师生员工代表大会。马寅初在会上讲话

教育。1949 年 9 月，马寅初受毛泽东和周恩来邀请，北上参加全国政治协商会议，共同筹商建设新中国的大计方针。此次北行，他共同参与讨论新中国的建设，见证了伟大新中国的诞生。北京的事务一结束，马寅初便在 10 月 30 日深夜动身返回杭州。一到杭州，他不顾旅途劳累，于当天晚上 7 点，即召集全校师生员工，报告开国大典的盛况。他用生动质朴的语言，详尽地传达了他在北京的所见所闻、参加政协会议的感受以及新中国成立后的一些重要会议基本精神，给大家上了一堂生动的爱国主义教育课。

1950 年上海"二六轰炸"后，为了对蒋介石集团进行反轰炸斗争，马寅初还带头在校内挖防空壕，他说："我们一定要把防空壕挖好，我虽六十九岁了，但一定陪着大家干，我挖也来的，挑也来的，要风雨无阻地干。"

马寅初在浙大担任校长虽仅短短 21 个月，但他爱国爱民的赤子之心、追求民主治校的作风和身体力行的精神给浙大留下了一笔宝贵的精神财富。

■ 廉洁信物

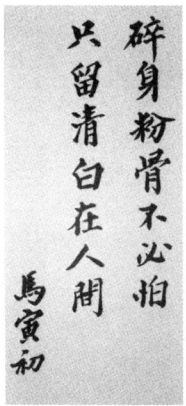

马寅初手迹

参考文献

[1] 杨建业著：《马寅初传》，中国财政经济出版社，2016 年。

[2] 中共嵊州市纪律检查委员会、嵊州市监察局编：《风骨劲节：马寅初廉政故事集》，中国方正出版社，2010 年。

[3] 应向伟、郭汾阳编著：《名流浙大》，浙江大学出版社，2007 年。

[4] 单泠编：《感怀浙大》，浙江大学出版社，2007 年。

[5] 金德水、吴朝晖主编：《浙江大学图史》，浙江大学出版社，2017 年。

浙江大学经济学院供稿

应梦佳执笔

马一浮

高蹈独善的当世颜渊

■ 人物名片

马一浮（1883—1967），名浮，字一浮，自号湛翁，晚年别署蠲叟或蠲戏老人，浙江会稽（今浙江绍兴）人。著名思想家、书法家、国学大师、理学大师，被誉为"一代儒宗"，与梁漱溟、熊十力并称"现代三圣"。1938年，应浙江大学校长竺可桢之聘，赴江西泰和、广西宜山（今广西宜州）为浙大学生开设"国学讲座"，讲稿汇编成《泰和会语》《宜山会语》，同年11月创作的浙大校歌歌词至今仍广为传诵。1939年，赴四川乐山任复性书院主讲、总纂，著有《复性书院讲录》。新中国成立后，先后担任上海文物保管委员会委员、浙江省文史馆馆长、中央文史馆副馆长等职，是第二、三届政协全国委员会特邀代表。辑有《马一浮集》。

■ 廉洁箴言

"来学者须遵守三戒：一不求仕宦，二不营货利，三不起斗诤。绝贪躁矜妄之习，方能收敛向内，自拔于流俗，其不能遵守三戒者遣去之。"[1]

■ 廉洁故事

马一浮一生安贫乐道，不喜官场，箪瓢陋巷，有颜回之风；他潜心治学，博古通今，学贯中西，堪称"一代儒宗"；他材茂行洁，不畏权贵，不徇私情，可为众人楷模。斯人已去，但他的精神将一直激励着千千万万的"后之来者"砥砺奋进，继往开来。

箪食瓢饮，安居陋巷

马一浮广阅群书，博古通今，心怀"为儒宗著秦汉以来学术之流派；为文宗纪羲画以降文艺之盛衰"的宏伟誓愿，志在厘清中国古代儒学和文艺发展史。自 1905 年底后，马一浮曾于广化寺、永福寺、延定巷、宝极观巷等地避世隐居，潜心治学。此时马一浮正值青年，精力充沛，发愤忘食，常常夙夜无寐，以致年纪轻轻便双鬓斑白，他曾感慨道："古者，五十乃称老。予年才及其半，而须鬓苍然，有颜回之叹。"

1906 年，马一浮寄居广化寺，与僧人同吃同住，把素持斋。广化寺年久失修，条件十分艰苦，但马一浮全然不为身外之物所扰，全身心投入浩如烟海的文澜阁《四库全书》中，留下许多珍贵的诗文和读书札记。

1908 年，马一浮又移居永福寺，"永福寺禅房，粗为涂茸，凿通户牖，安置几榻，聊可憩止。户外有老梅数株，方华。窗对岖嵚，松竹交映。虽颇荒陋，差有幽邈之致。时往登览，辄复兴怀"。尽管永福寺陈设依旧简陋，但几株老梅，一丛松竹，便可令马一浮感物兴怀，陶然忘忧。

---

[1] 马一浮《复性书院简章》，见马一浮著，虞万里校点：《马一浮集（第 1 册）》，浙江古籍出版社、浙江教育出版社，1996 年，第 761 页。

马一浮独居宝极观巷时，终日醉心典籍，常常忘记买菜烧饭。为此他想了一个两全其美的主意，即每日清晨去街上买几块水豆腐，配上佐料，晚间一边读书，一边炖豆腐充饥，如此既不耽误读书，又不至于饿肚子。

马一浮为人安贫乐道，不喜官场。1912年受蔡元培之邀，任教育部秘书长，但仅仅两三周后，便以一句"我不会做官，只会读书，不如让我回西湖"而恳辞。究其缘由，一方面是他反对废经法案、厌恶官场应酬；另一方面，其弟子乌以风的解释是："先生目睹国事艰难，世道益苦，推求其根源，皆由于学术之大本未明，心性之精微难知，故欲挽狂澜，转移风气，非自拔流俗，穷究玄微，不足以破邪显正，起敝兴衰。于是益加立志为学，绝意仕进，远谢时缘，闭门读书。"从此，马一浮再不愿踏足官场，转而继续潜心学术，以期探寻"挽狂澜于既倒，扶大厦之将倾"的正确道路。

现代著名漫画家、散文家丰子恺是马一浮的忘年交，他在散文《陋巷》中讲述了三次去陋巷拜访马一浮的难忘经历。他记忆中的马一浮始终有着"坚致有力的眼帘""炯炯发光的黑瞳""响亮而愉快的谈笑声"，是箪食瓢饮、安居陋巷的"今世的颜子"。

1962年，丰子恺与马一浮（右）
在杭州蒋庄

一代儒宗，为人师表

马一浮学贯中西，早年曾远赴美、日求学，精通英、法、德、日、拉丁诸种文字，翻译了一大批国外著作，还是最早将马克思《资本论》引入中国的学者。自日本归国后，马一浮开始重点关注国学领域，对儒学、哲学、佛学、文学、书法等均有深入研究，广纳百家，兼容并包，融会贯通，堪称"千年国粹，一代儒宗"（梁漱溟语）。

马一浮最初闭门修学，不涉官场，不担教职，曾先后拒绝北大校长蔡元培、陈百年和浙大校长竺可桢的礼聘。1937年，抗日战争全面爆发，马一浮携亲眷前往浙江桐庐、开化等地避难。1938年，他致信竺可桢，表示愿意赴浙大任教，受到师生的热烈欢迎。在浙大开设"国学讲座"期间，马一浮以"为天地立心，为生民立命，为往圣继绝学，为万世开太平"为使命，希望可以使浙大学子"于吾国固有之学术得一明了之认识，然后可以发扬天赋之知能，不受环境之陷溺，对自己完成人格，对国家社会乃可以担当大事"。

1938年，马一浮（前排左五）、梅光迪、张其昀、陈训慈等部分浙大教师
在江西泰和浙大图书馆前合影

1939 年，马一浮赴四川筹办复性书院。为保持书院的独立性，马一浮在《书院之名称旨趣及简要办法》中对书院的性质进行了界定，认为书院"应超然立于学制系统之外，不受任何制限。书院为纯粹研究学术团体，不涉任何政治意味"。对于学生，马一浮也期望他们可以摒弃功利之心，专注学业，于是在《复性书院简章》中制定三戒："一不求仕宦，二不营货利，三不起斗诤。"如有违背，则立即开除。

1941 年，马一浮宣布"书院将以刻书为职志"。他自感"力愿微薄"，又正当"物力凋敝"之时，实属艰难，但他坚信只要锲而不舍，所刻书籍便会如愚公移山一般积少成多，"多刻一版，多印一书，即使天壤间多留此一粒种子"。为筹措刻书费用，马一浮作《蠲戏老人鬻字刻书启》附《神助篇》诗一首，宣布"鬻字刻书"，所得润笔悉数捐作刻资。在马一浮的大力支持下，复性书院共刻《系辞精义》《苏氏诗集传》《严氏诗辑》《先圣大训》《朱子读书法》等 28 种 38 册典籍，为保留中国文化火种做出了巨大贡献。

后来由于物价飞涨，员工的生活难以为继，鬻字所得对刻书而言实属杯水车薪。马一浮便将书院发放给自己的酬金分给员工，自己则以鬻字所得维持生计。马一浮将"处己信，与人忠"视作自己的本分，而再以刻书之名鬻字是"无其实而尸其名"，是名不副实且不可取的行为。因此他又印发了《蠲戏斋鬻字改例启》，声明今后鬻字所得"不复更言刻书"，而要用以"易饘粥"。

1943 年，国内爆发大饥荒，国民政府实行粮食配给制，按人头给机关、学校等单位配发粮食，因每人定量极低，有些单位用虚报人头的方式以多得粮食，复性书院也采用了这样的做法。马一浮觉察后，大发雷霆，认为"饿死事小，失节事大"，不能做有违德行操守之事。

不畏权贵，不徇私情

1924 年，北洋军阀孙传芳称霸东南，自封"东南五省联军统帅"，煊赫一时。为了标榜自己崇贤重文，他特备礼物，专程登门拜访马一浮。当时马一浮正与友人谈笑风生，闻听孙传芳来访，当即表示拒见。在座友人忌惮孙的权势，建议以不在家为由推脱，谁料马一浮依旧正言道："你告诉他，人在的，就是不见！"

1939 年，马一浮初到重庆之时，蒋介石特地设宴为其接风洗尘，并以礼贤下士之态向马一浮请教，马一浮告诫他："唯诚可以感人，唯虚可以接物，此是治国的根本法。"

马一浮任复性书院主讲时，书院董事长屈映光曾来信请他为国民党要员孔祥熙写一篇祝寿文章，他回绝道："愚意值此危时，以孔公地位，方忧勤惕厉之不遑，似不当以庆祝为事。"又有军事委员会请他为国民党军官何应钦作祝寿文章，他同样以"方今强寇未除，抗战未毕，正上下忧勤惕厉之时，似未暇从容歌颂"为由拒绝，并表示，自古以来，为国家鞠躬尽瘁的圣贤之人，常以警诫之词相互勉励，没有热衷于歌功颂德的。

复性书院学生选拔极严，常有学子设法求马一浮网开一面，但他毫不徇私，始终严格按照招收肄业生简章办事。其好友邵力子曾介绍一位杨姓学生来复性书院求学，马一浮照样拒收并回复邵力子："杨君既绩学能文，必有以自得于己。虽荷虚怀诹访，仍未可使居北面之列。姑俟得见其文字后，量宜答之。"

"已识乾坤大，犹怜草木青"，马一浮才高行厚，视功名利禄为过眼云烟，纵是阅尽世事沧桑，仍会为郁郁芊芊的人间草木而动容。斯人已乘黄鹤去，但其所作浙大校歌歌词依旧广为传诵，从中提炼出的"海纳江河，启真厚德，开物前民，树我邦国"的浙大精神也必将为一代代浙大学子所铭记并践行。

■ 廉洁信物

马一浮集 第二册　　　　　　　　　　三五六

必成完書。吾生多幸，將假薰習之力，沃其愚心，庶其猶有閒乎。向所出《中國哲學史》及《佛學大綱》，理無不融，事無不攝。劉氏之被九流，魏生之志釋老，方之爲闇者，莫之能先也。辱問何所致力，實慚無以對。雖嘗有志於六藝，而疏於講習，不敢幸其所乍獲，而怨其所未聞。方將深之以玩索，通之以博喻，恆苦心智薄劣，義理無窮，俟之者艾或能略得其統類，故當就問君子，以釋所疑，今猶未敢言耳。慧法師何乃無歸意？屬營草庵，謀之經年，猶不得當，欲挙故址，奧山僧往復甚久而不肯棄券，今姑置之。永福寺禪房，粗爲塗葺，鑿通戶牖，安置几榻，聊可憩止。戶外有老梅數株，方華。窗對嶇嶽，松竹交映。雖頗荒陋，差有幽邃之致。時往登覽，輒復興懷。從者亦能一來觀之否？赤霞在吳江，乃復以其學施之於事，殊無意來杭州，彭遜之近在此，好以消息說爻象，亦時有自得之義。近復撰一書曰《觀象卮言》，以萬有一千五百二十，當天地始終之數，以成周之盛，當乾卦，以孔子生當午會，今已在酉中。其術與邵子絕異，亦似芝辢之流畜也。方春時有，惟

八
體道不息，常枉言教。臨書不勝依馳。

永丹陽舟中遷訊，期以旬後俱會湖上，其爲慶慰，孰有踰斯。赤霞不欲獨留杭州，云將遍吾子於滬，更與偕至，故途以咋日行。浮未能從之俱前也。赤霞此來，語道質實，於法

在 1917 年写给谢无量的信中，马一浮对杭州永福寺居住环境进行了介绍："永福寺禅房，粗为涂葺，凿通户牖，安置几榻，聊可憩止。户外有老梅数株，方华。窗对岖嵚，松竹交映。虽颇荒陋，差有幽邃之致。时往登览，辄复兴怀。"

参考文献

[1]马一浮著，虞万里校点:《马一浮集（第 1 册）》，浙江古籍出版社、浙江教育出版社，1996 年。

[2]马一浮著，丁敬涵校点：《马一浮集（第2册）》，浙江古籍出版社、浙江教育出版社，1996年。

[3]马一浮著，马镜泉等校点：《马一浮集（第3册）》，浙江古籍出版社、浙江教育出版社，1996年。

[4]马镜泉编校：《马一浮卷》，河北教育出版社，1996年。

[5]马镜泉、赵士华著：《马一浮评传》，百花洲文艺出版社，2015年。

[6]滕复著：《一代儒宗——马一浮传》，杭州出版社，2004年。

[7]陈星著：《隐士儒宗·马一浮》，山东画报出版社，1996年。

[8]马一浮著：《泰和宜山会语》，辽宁教育出版社，1998年。

[9]吴光主编：《马一浮研究》，上海古籍出版社，2008年。

[10]杭州市政协文史委编：《杭州文史丛编 政治军事卷（上）》，杭州出版社，2002年。

[11]丰子恺著：《丰子恺散文》，浙江文艺出版社，2019年。

[12]滕复：《马一浮早年杭州隐居和治学点滴》，《光明日报》，2008年10月26日，第7版。

[13]金灿灿：《马一浮任教浙江大学始末》，《浙江大学学报：人文社会科学版》，2012年，第42卷第2期。

[14]任继愈著：《中国的文化与文人》，现代出版社，2017年。

[15]顾国华编：《文坛杂忆（全编一）》，上海书店出版社，2015年。

浙江大学艺术与考古学院供稿
刘厚雪执笔

邵裴子

克勤克俭的教育家

■ 人物名片

邵裴子（1884—1968），原名闻泰，又名长光，浙江杭州人。著名教育家、经济学家、爱国民主人士，浙江省文保事业的开拓者。16 岁进入求是书院就读，1909 年获斯坦福大学学士学位后归国。1912 年任浙江高等学堂校长。1928 年任国立浙江大学副校长兼首任文理学院院长，1930 年 7 月至 1931 年 11 月任校长。抗日战争期间，担任浙江省参议会参议员、浙江地方银行常务董事。新中国成立后，筹建浙江省文物管理委员会并担任首届主任。1953 年参加中国国民党革命委员会，历任民革浙江省委会副主委、主委，中央委员会委员。

■ 廉洁箴言

"文科各部门，特别是中国语文学方面，可以胜任教授者极少，与其降格以求，不如宁缺毋滥。"①

---

① 霜木：《高等教育家邵裴子》，《今日浙江》，2003 年第 13 期，第 41 页。

■ 廉洁故事

"满腹经纶贯中西，两袖清风度日月"是邵裴子有才气、有骨气的一生最真实的写照。邵裴子爱梅，经常踏雪寻梅。而邵裴子的品格也正如梅花般高洁坚贞。邵裴子在教育事业上不拘一格，广纳贤人，培养人才；在是非原则问题上立场坚定，不与黑暗势力同流合污，坚决拥护中国共产党的领导；在生活小事中公私分明，不向组织提个人要求，却无私地捐献毕生所藏。

为人师表，教育事业上不拘一格

邵裴子胸怀对中国高等教育的热忱，身体力行，以浙江大学前身求是书院的"求是"精神作为办学指针，主张"学者办学，舆论公开"。

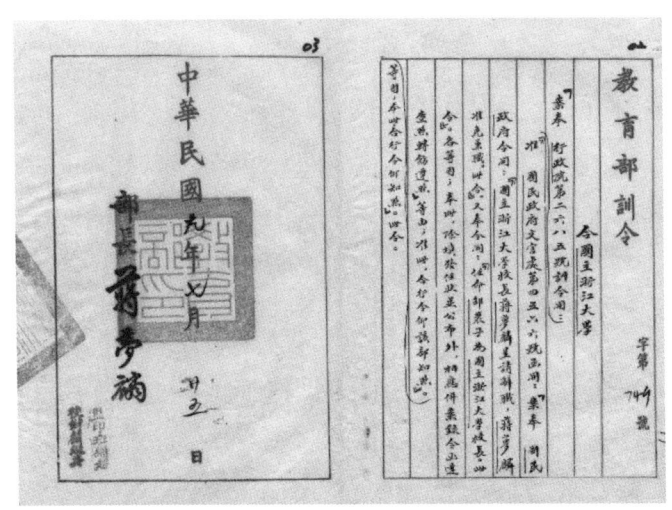

1930 年 7 月 25 日，国民政府教育部任命邵裴子为国立浙江大学校长训令

邵裴子以"士流"为学生培养目标，要求学生像"士"一样有崇高的品格，有"自治、自尊、自重"的态度，理念先进，注重质量，培养出一大批人才。他主张"在宽大的范围内，予学生以思想及行为之自由，但使仍受校规、道德与健康条件之严格约束，以养成其独立而有

规律之生活习惯，为将来担当完全的国民责任之准备"。邵裴子主张学生和教职员的关系不应限于上课与业务接洽，更应在人格上互相启发。1930年9月15日在补行校长就职典礼上，邵裴子发表演讲说："一个学校办得划算不划算，要过若干年才可以论定。"事实也确实如此，邵裴子在任期间培养的学生，其中不少人成为浙江大学各学科的骨干教师，并为浙大的发展做出了巨大贡献。

邵裴子以"宁缺毋滥"为聘才态度，尊重教授，作风民主，吸引了众多贤达名流会聚浙大。邵裴子清楚，培养德才兼备的"士流"，最重要的是师资质量。他曾说："与其降格以求，不如宁缺毋滥。"邵裴子竭诚尽力地网罗人才，在任期内延聘了生物遗传学家贝时璋、几何学家苏步青、数学家陈建功、教育学家郑晓沧、文学史家刘大白等学者，从而为浙大成为国内有名的人才培养基地奠定了坚实的基础。他更以自己诚挚的情感与儒雅的风度留住人才。当时苏步青教授因政府拖欠工资，有断炊之虞，无奈之下萌生退意。还在南京为办学经费四处奔走的邵裴子得知后，立即赶回杭州，一再肯定苏教授对学校和国家的重要贡献，同时还自掏腰包来帮助他渡过难关。面对这样的校长，苏步青自然而然就留了下来。

刚正不阿，是非原则上立场坚定

在是非原则问题上，邵裴子刚正不阿，毫不含糊。对于专制独裁的国民党反动派，邵裴子不肯同流合污；对于积极进步的中国共产党和新中国，邵裴子真心拥护与热爱，并贡献自己的力量。

在邵裴子主持浙大校务期间，南京政府实行"党化教育"，即凡在国民党统治地区的高校担任校长的，必须是国民党的党员。蒋介石曾多次劝说邵裴子加入国民党，均遭到邵裴子的断然拒绝。此举惹恼了蒋介石，国民政府于是处处安排亲信，事事故意刁难，有意排挤邵裴子，甚至连续几个月对浙大教师欠薪。虽然邵裴子有心培育德才兼备的"士流"人才，但突出的经费问题却使他处处碰壁。由于欠薪日久，浙大文理学院全体教师曾集体前往浙江省财政厅索薪，却无功而返。万般无奈之下，邵裴子怒而拂袖，愤而辞职。1931 年 11 月 4 日，邵裴子在致国民政府教育部"引咎"辞职的电文中说，"经费愆期，较前更甚，并有一部分尚未着落，维持益感困难"，"困难情形，匪可言喻"。显然，邵裴子的办学方针与蒋介石实施独裁的宗旨是不合的。处在那样的时代，邵裴子难展其抱负，只得辞职。尽管邵裴子在 1935 年离开了浙大，但在浙大师生心中，他仍是一位令大家怀念的好校长。

对于中国共产党和新中国，邵裴子这位从清朝、民国走向新中国的名儒，切身感受到其中的进步力量，感受到中国共产党是代表人民利益的政党，因此打心眼里拥护。邵裴子热爱新社会，曾担任浙江省人民政府委员、中央人民政府委员。作为民主人士，他在浙江省民革领导岗位上工作了 15 年。邵裴子廉洁自律，在生活上从不向组织提任何要求，还常说做的工作太少了。但事实上，这位浙江耆宿殚精竭虑，以他在文化界的声誉和地位，出席大大小小的会议，在并不宽敞的家中客厅约人会谈，同社会各界不断联络，动员一切积极力量促进祖国统一，为新中国的成长和发展出谋划策。尽管在晚年，邵裴子受到了一些不公正的待遇，但他仍对中国共产党和人民政府充满深情。在卧床不起的时候，他把孙儿叫至病榻前，谆谆告诫：要听毛主席的话，跟中国共产党走。

克勤克俭，生活小事上公私分明

邵裴子平素勤俭节约，公私分明，从不占公家一点便宜，也从不向组织提个人要求。任浙江大学校长期间，邵裴子从不动用这一头衔为自己谋福利，生活一如既往地廉洁清贫。他本可以迁入"校长楼"，但执意跟全家一起居住在杭州直大方伯大德里 7 号的普通民房里；本可以有校长专用小轿车，但他坚持若非必要，尽量不动用；本可以在公务出差时住高级饭店，但依然选择住普通旅舍。

邵裴子在伏案工作

邵裴子的晚年生活更是克勤克俭。平日里，邵裴子穿衣不讲究，即使衣服破了也舍不得扔，还要打上补丁继续穿。政府本来安排邵裴子住别墅，但他坚持住在马市街文管会宿舍。1962年秋，在国家经济困难之时，他书写了毛泽东主席的《长征》一诗送给民革浙江省委员会悬挂，用"红军不怕远征难"的精神，反映自身艰苦朴素的精神风貌，也鼓励民革同志要克服暂时的艰难。

邵裴子有四子三女，他对子女要求严格，教育他们不要依靠家庭，而应通过自身努力求职求生。大儿子邵倞因病退职后，为生活所迫，曾在杭州皮市巷口设摊修补鞋子；二儿子在大连铁路当锅炉工；长女一直没有工作，在家与老父相依为命。而邵裴子从未利用职务之便或个人名望，为其子女谋求一官半职。

邵裴子作为浙江省文物管理委员会的首任主任，是浙江文保事业的开拓者，在文物的收集、整理、保存和研究方面造诣深厚，建树颇丰。他一生酷爱收藏，嗜古物如生命，即便在生活无以为继的时候，也执意花去友人接济的80元集得一套《诗经》善本。但在临终前，邵裴子数次嘱咐家人，将其节衣缩食收集的数千件珍藏捐给国家，如今浙江省博物馆就收藏有他捐献的文物698件。

1954年，浙江省文物管理委员会全体成员合影（前排右二为邵裴子）

廉洁信物

一九六四年六月杭州邵裴子時年八十有一

行程二萬六盤山上高峰 红旗漫捲西風今日長

天高雲淡望斷南飛雁不到長城非好漢屈指

纓在手何時縛住蒼龍 毛主席清平樂詞

邵裴子书法作品
作品内容为毛泽东主席所作的《清平乐·六盘山》
借用该词，邵裴子表达了对中国共产党革命精神的认同与赞扬。

参考文献

[1] 王玉芝、罗卫东主编:《图说浙大——浙江大学校史通识读本》,浙江大学出版社,2010 年。

[2] 杨达寿等著:《浙大的校长们》,中国经济出版社,2007 年。

[3] 霜木:《高等教育家邵裴子》,《今日浙江》,2003 年第 13 期。

[4] 张凯:《邵裴子:士流教育》,《浙江大学报》,2017 年 5 月 14 日,第 4 版。

[5] 何亚平:《一代名儒——邵裴子》,"浙大档案馆"微信公众号 https://mp.weixin.qq.com/s/2URwQEvGHKvulXMTylQq6w,2019 年 9 月 12 日。

浙江大学艺术与考古学院供稿

汤梦夏执笔

竺可桢

清正廉洁的求是之师

■ 人物名片

竺可桢（1890—1974），字藕舫，浙江绍兴人。中国共产党党员。著名科学家、教育家，中央研究院院士，中国科学院学部委员（院士），中国近现代地理学和气象学的奠基者。1936年4月任浙江大学校长，历时13年。抗战全面爆发后，率校西迁完成"文军长征"，倡立"求是"校训。曾任中国科学院副院长、中国气象学会会长、中国地理学会理事长等。

■ 廉洁箴言

"我们应该只知是非，不管利害。此话说来容易，要实行起来可不是那么容易了。……君子、小人之别只在此一念之别。"①

"余从未向学校领私人应用之物品。惟草纸一项余个人所用者由学校供给，嗣后余亦当停止使用。允敏并当面告知，谓私人决不要公家之物来用。"②

---

① 樊洪业、段异兵编：《竺可桢文录》，浙江文艺出版社，1999年，第124页。
② 竺可桢著：竺可桢日记（第二册），人民出版社，1984年，第1148页。

◼ 廉洁故事

竺可桢一生坚持廉洁奉公，清清白白做人，干干净净做事。他任校长13年，从未枉费一钱，枉用一人；辗转西迁办学，始终廉不言贫，勤不言苦。他以身为范，在战火硝烟中，培养出了一批能担当大任、主持风气、转移国运的领导人才。

克己奉公，为人处世守廉正

竺可桢任校长期间，坚持校务公开，民主治校。凡是学校的大政方针、规章制度及经校务会议讨论通过的重要决定，都会通过《国立浙江大学日刊》《国立浙江大学校刊》等途径尽快传达给师生。此外，他每周都会安排一次行政碰头会，广泛听取师生的意见。当时浙大师生可以通过教授会、讲师会、学生自治会等组织随时向学校反映情况。竺可桢也经常深入学生，与学生对话，了解情况。1938年5月29日在江西泰和，竺可桢与部分教授及毕业班学生一起座谈，当天他的日记是这样记载的："今日在趣园遐观楼楼上约四年级生茶点。到乔年……诸人，与四年级生约八十人（全体九十一人）。余与乔年、亦秋、季梁、掌秋、鸿逵均致辞，学生方面，杨治平、李如南、顾振军等均发

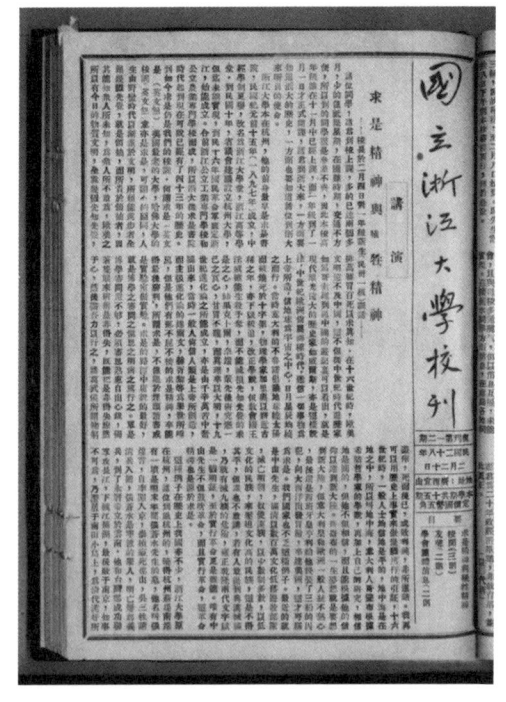

1939年，竺可桢发表在校刊上的
《求是精神与牺牲精神》

表意见。教授所言大致均勖勉之词，而学生方面则希望必修科之减少，设备之增添，以及导师制之能实现。"每到新学年初时，竺可桢还会把学校的计划、经费、师资变动等情况向广大师生公开。

竺可桢始终廉洁自律，从不占公家一点便宜。一次，竺可桢听到有人议论校长办公室向公家领取莲子等私人物品，便立即去保管室查学校近几个月的领物单，未查出什么问题，后又检查了购物的发票，发现有茶叶铺所出莲芯两斤价32万元，莲芯是茶叶的名称，这才知道是一场误会。这件事发生后，他在日记中写下了自警的语句："余从未向学校领私人应用之物品。惟草纸一项余个人所用者由学校供给，嗣后余亦当停止使用。允敏并当面告知，谓私人决不要公家之物来用。"曾任农学院园艺系系主任的吴耕民教授对竺可桢廉洁奉公的品质十分敬佩，他说："竺先生为人极廉洁，不揩学校的油。农学院农产品多，如牛奶、牛油、鸡鸭、蛋、水果、西瓜、番茄、花木等样样都有，竺先生以身作则，绝对不揩油白拿，和一般顾客一样都付款购买。我们为他的廉洁道德所感动，也不拿公物送人，自己也不白吃。"

面对人情、政治等各方的压力，竺可桢从未违背自己"只顾是非、不徇利害"的原则，治校公正严明。1943年，竺可桢大儿子竺津从浙江大学附中毕业，报考了浙江大学史地系，但总分差5分未达到录取标准。负责史地系招生的教授是竺可桢的学生，他打算瞒着竺可桢录取竺津。而竺可桢在最后审定录取名单时，发现了这一情况，他严厉地批评了那位教授，并把自己儿子的名字划掉，补上了另一名合格考生。1946年，有两位浙江省政府官员的孩子考分不符合要求，均不能录取。有人先后来说情，竺可桢坚决不同意，认为"一年级入学考试不能不严格执行""此例不可开"。此后，又有本校教职员子女请求通融，竺可桢也一律拒绝。这些事情在校园里传为一段段佳话。

以俭养廉，一身正气尘不染

竺可桢认为俭可养廉，生活十分朴素。他不吸烟、不饮酒，一支自来水笔用了30余年。初任校长时，校方留给竺可桢及家眷住的房子，是前校长郭任远住过的一幢西式楼房，租金每月5担米。他知道后，通知总务处说："可配给新聘教授做宿舍，我只要在校长办公室楼上给我两间住房就好了。"抗战全面爆发后，浙大在日机轰炸下一路西迁，先后至泰和、宜山及遵义，竺可桢与其他教员一样，自己租民房居住。为了尽量节省行政上的开支，校长办公室冬天不生炭盆，他宁可在寒冷中办公，致使耳、手、脚年年都生冻疮。抗战胜利后他回到杭州，仍住校长公舍楼上两间，家具都是自己购置的。

不仅日常生活如此，在重要时间节点、寿诞庆贺时竺可桢亦极为俭省，坚决不收礼、不铺张。1946年，正是竺可桢到浙江大学任职第10年，教师想在校庆日时为校长庆贺一番，他知道后坚决不同意，立即作函与有关人员，"弗铺张作余来校之10周年纪念"。1949年，师生要为校长庆祝60岁大寿，教职员忙着准备礼品，学生张罗着排演节目，竺可桢知道后竭力加以阻止，表示"礼物一律不收，开会不到"。

西迁办学期间，位于遵义浙大临时校本部子弹库内的
竺可桢校长办公室

身为国立浙江大学校长，竺可桢领有一份不薄的薪金，却并无什么积蓄和私产。1941 年，浙大在遵义办学，物价飞涨，生活受到极大影响。竺可桢从衣箱中翻出一张已经期满的保险单据，这是 1926 年时，在上海华安人寿保险公司购买的一份 15 年期保险，每年交 129 元，到期可以取回 2000 元。因物价几乎一日三涨，所得反不值所交，此时的 2000 元，只不过能够买 10 余担米而已。竺可桢笑叹："一生积蓄仅此而已，岂他人所能信哉！"年老时，竺可桢将自己结余的存款、房子和大量珍贵藏书都捐给了国家。

身正为范，言传身教育英才

竺可桢认为"大学教育的目的，决不仅是造就多少专家如工程师、医生之类，而尤在乎养成公忠坚毅、能担当大任、主持风气、转移国运的领导人才"。当时的中国社会，政府官员贪污腐败现象极为严重，竺可桢希望年轻的大学生们走上社会以后，能成为激浊扬清的一种新兴社会力量和扭转社会风气、维护国家正义的栋梁。

1945 年 7 月 1 日，在浙江大学第 18 届毕业典礼上，竺可桢作了题为《大学生之责任》的演讲，对即将走上社会的学生提出，必须认清"知先后、明公私、辨是非"三点。他在第二点"明公私"中明确指出："在抗战时候道德堕落，这是古今中外一律的事。但若能赏罚严明，公私有别，则道德就不致十分堕落。……近来报上所载我国贪污之案层见叠出，甚至财政部总务司长王绍齐、直接税局局长高秉坊、中央银行业务局长这类人也竟监守自盗，舞弊上千万。诸君看了报自然莫不痛心。但是诸位要晓得，在有一个时期，这类作弊的人，也是和诸君一样，从大学刚毕业、极清白纯粹的大学生。因为贪污之层见叠出，所以一般人以为官是做不得的，财是不能发的，这可大错了。做公务员就是官，我们就希望顶好的人才、顶廉洁的知识阶级去做官，惟有这样，公家的事才能办得好。中国那么穷，我们就希望大家绞尽脑汁来做发明、办工厂、开农场、去发大财。惟有这样，国才能富，民才能强。所以我希望你们能做官、能发财，但不希望你们因为做了官再去发财。为做官而发财，是没有不贪污的……惟有公私分明而后贪污才能绝迹。"

1949 年，竺可桢（前排右一）出席新中国第一届政治协商会议时
与教育组代表合影

竺可桢不仅以言教，更以自己的行动来影响学生。他严于律己，以身作则，模范带头，在学校为学生扣好廉洁的"第一粒扣子"。身为国立浙江大学校长，竺可桢从来不搞特殊化。浙大校友刘奎斗先生有一次在重庆的公共汽车上遇见了竺校长，他无限感叹道："一个著名国立大学德高望重的校长，乃与一般人挤公共汽车，这种刻苦的精神，若不是亲眼看到这件事，是无人可相信的。"在遵义时，条件艰苦，竺可桢更是做到了先人后己。学校曾得到美国方面送来的鱼肝油精 5000 粒，竺可桢要求遵义、湄潭、永兴各处的校医开列师生中需要者的名单，"得湄潭员生 12 人，永兴 14 人，遵义方面李医开 20 人，拟每人给 100

粒"。当时，校医因竺可桢的长子竺津也属需要之列，想将其名字算上，竺可桢不愿占有这难得的份额，坚决不同意。凡此种种，皆在浙大师生的心中留下了深深的印记，他们将竺可桢老校长亲切地称为"浙大保姆"。他的廉洁和清贫是其高尚人格的必然写照，他也一直受到师生的景仰与爱戴！

廉洁信物

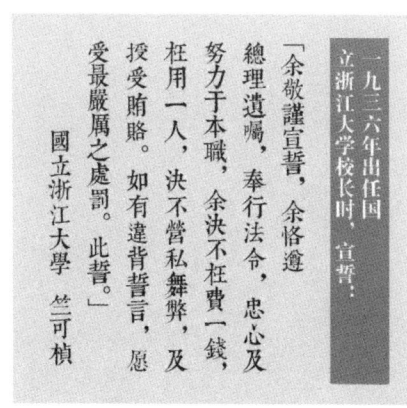

一九三六年出任国立浙江大学校长时，宣誓：

「余敬谨宣誓，余恪遵总理遗嘱，奉行法令，忠心及努力于本职，余决不枉费一钱，枉用一人，决不营私舞弊，及授受贿赂。如有违背誓言，愿受最严厉之处罚。此誓。」

国立浙江大学 竺可桢

竺可桢出任浙江大学校长时的就职誓词

参考文献

[1] 樊洪业、段异兵编：《竺可桢文录》，浙江文艺出版社，1999 年。

[2] 张彬著：《倡言求是 培育英才——浙江大学校长竺可桢》，山东教育出版社，2004 年。

[3] 浙江大学校友总会、浙江大学电教新闻中心编：《竺可桢诞辰百周年纪念文集》，浙江大学出版社，1990 年。

[4]浙江省政协文史资料委员会编:《一代宗师竺可桢》,浙江人民出版社,1990年。

[5]竺可桢著:《竺可桢日记》,人民出版社,1984年。

浙江大学纪委供稿

杨淼、沈梁燕执笔

舒　鸿

正直清廉　光荣首哨

■ 人物名片

舒鸿（1895—1964），字厚信，浙江慈溪人。1919年赴美国春田学院攻读体育专业，在克拉克大学获卫生学硕士学位。1925年回国，创建了中国第一个裁判员组织——中华运动裁判会，创办了浙江师范学院体育专修科（浙江大学教育学院体育学系前身）。曾任浙江师范学院体育专修科主任、浙江体育学院院长、浙江师范学院副院长兼浙江省体委副主任、浙江省政协常委。奥运会历史上第一位中国裁判、新中国第一届全国运动会篮球裁判长，主持修建了杭州第一个游泳池、第一个体育馆（浙江省人民体育馆，现杭州体育馆）。

■ 廉洁箴言

"做人要诚恳，要实事求是；做人要和善，以诚待诚；工作要细致踏实，要有责任感。"[1]

---

[1]　黄成坤口述，浙江大学教育学院退休教师，浙江大学体育专科1955届（1953年9月—1955年7月）学生。

■ 廉洁故事

舒鸿先生作为篮球裁判，技术过人，裁决公正，蜚声中外；为人正直，不畏权贵，令人敬佩；潜心育人，关爱师生，受人尊重。他一生清廉，为我国体育事业做出了重要贡献，值得我们铭记。

裁决公正蜚声中外，凭一己之力为国争光

舒鸿在篮球训练法和裁判法方面造诣颇深。1936 年的柏林奥运会上，篮球项目第一次成为奥运会正式比赛项目，美国队和加拿大队闯入决赛。由谁担任决赛裁判呢？这成了当时的一个难题。论裁判水平，虽然大家公认是美国裁判水平最高，但为避嫌，不能由美国裁判来担任，而欧洲裁判又难负重任。最后，经篮球项目创始人奈史密斯博士推荐，决赛裁判由中国篮球队助理教练舒鸿担任。当时美国和加拿大的队员听说由中国裁判执法决赛，非常排斥，认为舒鸿肯定判不好，甚至有队员讽刺道："怎么能让'东亚病夫'来当我们的裁判！"

8 月 14 日下午，奥运会历史上第一场篮球决赛由中国裁判宣布开始。舒鸿个子不高，站在人高马大的两队球员中间做裁判，队员没把他放在眼里，观众席上也有不少人发出嘘声。开场没几分钟，一个美国队员故意做了个隐蔽的小动作，眼尖的舒鸿立刻用流利的英语制止，并果断地判罚美国队拉人犯规。比赛在露天球场举行，观众 3000 人左右，比赛进行时，天降大雨，红泥球场泥泞不堪，舒鸿始终以准确公正的判罚、挥洒自如的表现，很好地控制着比赛进程。

比赛结束后，一直在场边观战的"篮球之父"奈史密斯博士特意走到场内，对满场奔跑、判罚精准的舒鸿竖起了大拇指。当时，中国代表团在奥运会上全军覆没，舒鸿凭一己之力，为中国在奥运会上争得第一枚"金牌"。《申报》《新闻报》《大公报》等国内媒体都对此事做了大篇幅报道。中国代表团随团记者冯有真在报道中这样写道："裁判一职，

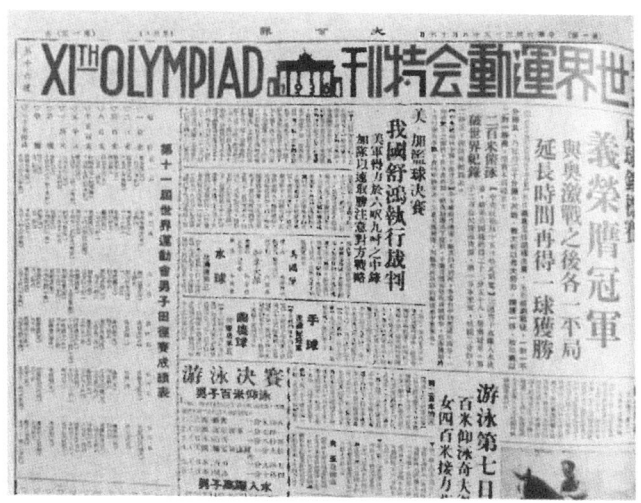

1936 年 8 月 16 日，天津《大公报》对舒鸿担任奥运会历史上
第一场篮球决赛裁判的报道

由我国教练舒鸿担任，舒氏抵德后，经大会篮球委员会聘为裁判员，屡
次执法，铁面无私，目光犀利，赏罚分明，极得好评。故决赛一幕，特
聘舒氏充任裁判，极为荣誉。"舒鸿熟悉国际篮球规则，通晓其逐年变
化，裁判水平高超，此后经常被聘为主要的裁判员。

　　在腐败黑暗的旧社会，舒鸿朴实无华、执法严明、公正不阿的高贵
品德尤其难能可贵，深得后人的敬慕。20 世纪 20 年代，上海体育运动
赛事频繁，每年举办由诸如美国、葡萄牙以及俄国侨民等外国队参加
的"上海万国男子篮球联赛"，担任比赛裁判的绝大多数是外国人，决
赛更是全部由外国人担任裁判。1925 年回国后，舒鸿发起成立了中华
运动裁判会，担任了两年会长。1928 年，一场篮球比赛将在上海举行，
舒鸿向比赛组织者提出由中国人担任裁判，可对方坚持要按照惯例请外
国裁判，舒鸿不服气，与对方争执起来："我在美国都当裁判吹哨，怎
么在中国，在有中国人参加的比赛中，反而不能当了？"僵持中，有
人提议用考试的办法解决，由当时最具权威的美国裁判会出题、打分，

凡申请执法比赛的中外裁判都要参加考试。结果,共9人参加考试,4名中国裁判全部通过,最低分88分,而5名外国裁判中仅1人考了60分,勉强过关。

不畏强权,敢于斗争护学生

1948年,中华民国第七届全国运动会在上海江湾体育场举行。一天,因篮球比赛结束得晚,交通车已停开,而体育场设在市郊,队员们本就疲惫不堪,若步行回市区,实在困难。这时,舒鸿听到体育场馆的二层传来酒杯的碰撞声、劝酒声。他循声上楼,发现教育部负责体育工作的某官员在大摆宴席招待上海各界官僚,舒鸿走上前向其寻求帮助,该官员略带敷衍地回答后,便招呼舒鸿坐下。舒鸿提出,如果让他坐下吃饭,希望能把楼下的队员和教练也一起叫上楼用餐,该官员连连摆手拒绝,当时火冒三丈的舒鸿怒斥了该官员。无奈之下,该官员只得派人找车。舒鸿看到满桌杯盘狼藉,又想到楼下又饿又累的队员、教练,他一把掀翻了酒桌,令该官员狼狈不堪。

1947年,浙江大学的学生自治会主席于子三被国民党反动派逮捕,在狱中遭暗杀,舒鸿陪同竺可桢校长到狱中领遗体。1948年1月4日,浙江大学全体师生为于子三举行追悼会。大批国民党特务和打手冲入校园,残暴毒打学生,企图阻挠追悼会。此时,压抑已久的舒鸿挺身而出,向学生们怒吼:"你们为什么不还手!"随着这句喊声,数千名学生如怒潮般扑向暴徒,吓退了他们。

严厉又和蔼,潜心育人好榜样

1934—1952年,舒鸿担任浙江大学体育部主任。当时全校的体育教学和课外活动均由体育部负责。在舒鸿主任带领下,浙大在国内首先实行全体学生一律参加课外体育活动的制度。舒鸿在教学上非常认真,用心备课,亲自示范,悉心指导,态度和蔼。对学生,坚持体育不达标不能毕业；对助教和体育专业的学生，要求更严格。他常说："凡是我的学生，都会教小孩（指学生）。"

舒鸿曾向竺可桢校长提议，若学生体育未能达标，将不能毕业。竺可桢答应全力支持舒鸿。当时有一名学生即将毕业，但因其体育科目未及格，按学校规定，须再补修一年。该生百般求情，舒鸿不肯破例。最后，竺可桢校长想出折中办法，让该生再补修三个月。舒鸿要求这名学生每天到他家签到，然后再由其助教领去上体育课。三个月后，这名学生的体育成绩有了明显提高，最终通过了体育考试，顺利毕业。

抗战期间，浙江大学被迫西迁。在战火纷飞、物资十分匮乏的年代里，浙大是当时体育活动开展得最好、最正常的学校。在竺可桢校长的关注和支持下，舒鸿倾注了大量心血，克服重重困难，利用附近地势适宜的江河筑坝蓄水，建立游泳场所，供学生上课和课外游泳锻炼之用。他还发起兴建了贵州省近代史上第一个正规的田径运动场，至今仍受当地人民的怀念和称颂。游泳是浙大学生夏季的必修课，舒鸿规定及格的标准是游完 50 米。当时，很多学生都害怕下水。于是舒鸿想了个办法，自己抱着课桌游入水中，将课桌置于一水浅处，将花名册放在课桌上，学生需自己在花名册上签到，否则以旷课处理。如此一来，学生们不得不跳入水中。

西迁办学时期，位于湄潭湄江的浙江大学游泳场地

身兼数职，一生清廉躬勤

舒鸿任浙江大学体育部主任时，兼任竺可桢校长的英文秘书、总务主任、校车队负责人，一人身兼数职，在物资匮乏的年代，竭尽所能为学校节省财力、物力。他担任篮球教练，训练和参加比赛时，既是教练又是卫生员。主持修建浙江省人民体育馆时，他亲自设计。修建黄龙体育馆时，自己带着学生一起运沙泥（后因故中途停建）。1936年柏林奥运会期间，舒鸿利用一切闲暇时间跑药房，购买大量当时中国很难买到的德国药品，装满了药箱。奥运会结束，这只药箱被他带回了浙大，又跟随浙大西迁。西迁途中，大半的行李丢失，药箱因为能"救命"，所以舒鸿一直把它紧紧带在身边。一路上，浙大学生看病治疗也全靠这"救命"药箱。据其同事燕琳回忆，舒鸿在工作中清廉躬勤，一生衣着俭朴，热心助人，遇到同事有困难，积极施以援手。在纪念舒鸿诞辰105周年座谈会上，唐贤珍老师说她生小孩后奶水不足，当时舒老师把保供给他的牛奶省下来给她的小孩喝。在物资匮乏的年代，身处重要岗位不仅能清廉躬勤，还能体恤下属，令人十分钦佩。

■ 廉洁信物

舒鸿的药箱

国际奥委会名誉主席萨马兰奇贺词

1936年柏林奥运会期间，舒鸿作为随队医生所带的药箱
浙大西迁期间，这只药箱成为浙大学生的"救命"药箱。
现收藏于北京国家体育博物馆

参考文献

[1]赵卫平、张彬主编：《浙江大学教育学院院史》，浙江大学出版社，2019年。

[2]宁波市江北区政协教文卫体和文史资料委员会、江北区庄桥街道办事处、江北区教育局（体育局）编：《奥运篮球第一哨——舒鸿教授纪念文集》，西泠印社出版社，2008年。

浙江大学教育学院供稿

陈红玉执笔

夏 衍

戏前幕后　清流依旧

■ 人物名片

夏衍（1900—1995），原名沈乃熙，字端先，浙江杭州人。中国共产党党员。著名文学家、电影艺术家、戏剧作家和社会活动家，中国左翼电影运动的开拓者、组织者和领导者之一。1920年毕业于浙江省立甲种工业学校（国立浙江大学工学院前身）。1937年主持编辑《救亡日报》，宣传坚持抗战，反对投降，坚持团结，反对分裂。新中国成立后，历任上海市委常委、上海市委宣传部部长、上海市文化局局长、中国文联副主席、中日友好协会会长、中央顾问委员会委员、全国人大代表、全国政协常委等。1994年被国务院授予"国家有杰出贡献的电影艺术家"称号。

■ 廉洁箴言

"愿听逆耳之言，不作违心之论。"①

"在'招待所'八年又半，备经艰险，但我自信清白，对横逆之来，一直以止水明镜之心，坦然处之，因此回家后亲友相见，都说我

---

① 王充闾：《艺文说荟》，万卷出版公司，2016年，第106页。

'精神状态良好'，也只有这一点，觉得可以告慰于故友的。"[1]

廉洁故事

在戏里，他是新中国电影文学的奠基者，为新中国电影事业的发展付出了巨大心血；在戏外，他是优秀的中国共产党党员，奔走于抗战时期文艺战线。兼具赤诚的家国情怀和廉洁的个人品格。夏衍一生坚持着"不作违心之论"的箴言，干净为人，清白做事，用文字的力量将千万中国人团结起来。

义务写作，不改事实毫厘

1937年8月24日，《救亡日报》在淞沪抗战的炮火中诞生。作为总编辑的夏衍，不仅负责报纸的约稿、编辑、印刷、发行、对外联络等工作，还深入前线，冒着枪林弹雨采访撰稿。有一次，他和田汉前往嘉定前线，一路上敌机轰炸，他们一次次跳下车，躲到树下或稻田中，等敌机飞走又接着赶路。在夏衍的领导下，战时很多作者都是到编辑部"来了就写，写了就走"，不拿分文报酬，义务为报纸写文章。

正如报刊名"救亡"，《救亡日报》既不登广告又不涉及猎奇新闻，专登特写、评论、实地采访以及文艺作品。夏衍坚持以抗日民族统一战线和全面抗战的方针为指导思想，多次奔赴前线采访抗日将士，采集新闻信息。在宣传中国共产党的全面抗战时，他写了《民众的力量大于一切》，抨击片面抗战路线；在汪精卫投日时，他执笔写下《把跪像铸在人民心里》《日寇汉奸的当头棒喝》等尖锐辛辣的战斗檄文，坚持个人观点和新闻素养，用文字将《救亡日报》打造成一个坚实的抗日宣传后方平台。

---

① 沈轶伦：《夏衍，等待春季重来的日子》，《档案春秋》，2016年第2期，第31页。

虽战火纷飞、命途多舛，《救亡日报》在夏衍等人的坚持下却有着顽强的生命力。1939年1月10日，《救亡日报》在历经两次停刊后又在桂林复刊，依旧作风严谨、立场鲜明。1941年1月17日，蒋介石以国民党军事委员会的名义发布"命令"，宣布新四军

1939年2月3日的《救亡日报》

"叛变"，取消新四军番号，还命令全国报纸都必须刊登颠倒是非的"中央社"电讯稿和"军委命令"，以掩盖事实真相。夏衍不顾"命令"，不受贿赂，坚持拒绝刊登诬蔑新四军"叛变"的消息电稿。他将电稿安放于头版头条，然后与往日一样，不动声色地连同其他稿件一起拿到新闻检查所"送审"，"送审"完毕后，便把头条的"中央社"电稿撤掉。

这一天，除《救亡日报》之外，桂林各报都刊登了"中央社"对"皖南事变"歪曲事实的报道和"军委命令"，全城上下一片哗然。更令人惊奇的是《救亡日报》头版开了个大"天窗"！除报社编辑和印刷工人带出的几十份报纸之外，其余全被国民党中统和新闻检查所扣压。至此，《救亡日报》报馆受到严密监视，情况愈来愈紧张，形势愈来愈严峻。夏衍及时清理并烧毁了一些重要文件，并于23日晚在灯下草拟了一篇《为被迫停刊告国人书》。虽然《救亡日报》于1941年3月1日被查封，但夏衍等人义务写作的情怀，对事实的尊重，不惧强权且不为利益所诱的坚守，为世人所感佩。

浙江大学建校100周年之际，浙大玉泉校区兴建了夏公亭，纪念已故校友、中国新文化运动的先驱者、杰出的革命文艺家夏衍。夏衍生前

挚友、全国政协副主席赵朴初先生为夏公亭题写了亭名和楹联。上联为夏公自己的座右铭——"愿听逆耳之言，不作违心之论"，下联为赵朴初先生之赠语——"是乃立身之道，长为砭世之箴"。

以笔为枪，揭露黑暗

幕布背后的夏衍，是剧作家，创作的《心防》《法西斯细菌》《上海屋檐下》《秋瑾传》成为经典；是中国电影事业的引领者，改编的《林家铺子》《狂流》《春蚕》等大获成功。作为中国左翼电影运动的开拓者、组织者和领导者之一，夏衍笔下的作品揭示时代本质，严肃却生动。回顾夏衍的一生，他参与了20世纪的几乎每个重要历史节点，劈开现实的黑暗，为20世纪的电影事业指明方向。

夏衍以"话剧抗战"，文之所载皆为抗战救国，心之所向尽是为国为民。1935年，他在报告文学《包身工》中，刻画的活在"鸽笼一般"的工房里的包身工"芦柴棒"让人触目惊心，揭露出帝国主义和封建势力勾结下赤裸裸的人间地狱模样；1937年，夏衍现实主义的标志性作品——话剧《上海屋檐下》中，一场雨从开幕到终场未曾停息，暗示着动乱年代之下中华民族的风雨飘摇；1942年，他在《法西斯细菌》中塑造的那位"悲剧的英雄"，把抗战期间各阶层人民的苦乐一层一层地剖出来，以小人物的命运反映时代的巨轮驶向何方，力图让当时的观众听到将要到来的时代的脚步声。

1937年，话剧《上海屋檐下》剧照

时代浪潮之上，他以革命者的担当将仅供小市民阶层娱乐的电影引向为政治、为人民服务的道路；以知识分子的自觉让沦落为政治"传声筒"的电影发展出具有民族气质的美学风格；以过来人的自省呼吁电影行业思想解放，使电影得以摆脱历史的禁锢与阴霾。

夏衍深刻明白吐故纳新的道理，始终坚持对电影"进步性"的要求，在世事变迁中回溯过去的经验原则，又做到因时而变。这一要求，正是源于他海纳百川的包容心态：在传统与现代、国内与国外的文化差异、"新鲜血液"与"经验老者"的创作矛盾之间，他选择了包容、创新。正是此等高瞻远瞩，推动了中国电影事业的前进。

忘我工作，职场作风清白

新中国成立后，夏衍虽然长期担任领导职务，却从来没有让人感觉到身上有什么官气，他永远是一个"忘我工作的人"。几十年来，他坚持从不利用职位搞特权。

夏衍的儿子沈旦华回忆，在夏衍担任上海市委宣传部部长、上海市文化局局长期间，组织上给夏衍安排了一辆别克小汽车，这在当时的上海是很少见的新车，结果他用了不到一个月，就要求换成一辆普通的雪佛兰车，他说只有这样才不会让别人认为"大官来了"。他担任中日友好协会会长后，组织上配给他一辆丰田车，但他能少用就尽量少用。他的这种言行对子女起到了潜移默化的作用。沈旦华说："当年外出办事，我们从来不会想着要蹭父亲的'专车'，这种不以公谋私、自觉自律的行事规则已经深深印在我们的心底。"

夏衍坚决抵制形式主义和官僚主义的作风。他在《懒寻旧梦录》一书中写道："他们给我打报告、写信，开头要写'敬禀'，最后在自己的名字前面还要写上一个'职'字，对这些官场作风，我还是断然进行了批评和抵制。"

从战火纷飞的战场再到伏案工作的职场，夏衍始终贯彻着"清白做人，清白做事"的原则。王蒙的著作《不成样子的怀念》中记载："在卧床不起的情况下，夏公关心的仍然是中国的文学事业……他一辈子清清白白，走也是清清白白地走了的。"

热心捐献，为后人搭桥造路

夏衍曾就读于浙江省立甲种工业学校染织科，该校为浙江大学工学院前身。夏衍作为浙大早期校友，曾担任浙大校友总会名誉会长。他心系故土，珍视人才，不吝于为后人搭桥造路。1989 年，眷恋故乡杭州的夏衍，向杭州大学赠送了一套《中国抗日战争时期大后方文学书系》精装本，该书全面真实地反映了这一时期大后方的真实面貌。夏衍说，这套书对学习文科的同学有用；浙江是文物之乡，杭州又是历史上出人才的地方，应该在文科方面为国家多出人才，出好人才。1994 年，夏衍又向中国现代文学馆捐赠藏书 2800 册。一册册藏书中饱含着他对后人的殷切希望。

作为中国第一代集邮家，夏衍和他的家人曾两次向上海博物馆捐赠珍藏邮票。首次捐赠是在 1991 年，夏衍将 233 件珍贵邮品捐赠给上海博物馆，其中包括难得一见的清代大龙邮票、小龙邮票和红印花邮票。2009 年，夏衍的长女又将父亲留下的 7539 件邮品捐赠给上海博物馆。这批邮品内容涵盖诸多国家和地区，颇具价值。作为一代收藏家，夏衍在其 77 年的集邮生涯中，有着自己的"品"与"格"。他的收藏情怀，是不理世事，不屑金钱，以方寸之地，记载着一个个感人至深的故事；他又能超脱物外，一辈子的家国情怀，令他将个人珍藏视为"身外之物"，将藏品"送请国家保存"。夏衍的孙女沈芸说："祖父一生只为兴趣追索，懂物惜物，风雅自乐，但在国家大义面前，情怀慷慨，奉献全部。"

夏衍，是时代的一股强有力的洪流，他奔腾过，最终以平静的姿态汇入他魂牵梦萦的钱塘江。夏衍之精神，亦凝成清流，汇入浙大怀抱，于启真湖粼粼闪光。

■ 廉洁信物

夏衍旧居书房

参考文献

[1] 王充闾著:《艺文说荟》,万卷出版公司,2016 年。

[2] 沈轶伦:《夏衍,等待春季重来的日子》,《档案春秋》,2016 年第 2 期。

[3] 倪迅:《夏衍和〈救亡日报〉》,《光明日报》,2005 年 8 月 6 日。

[4] 夏衍著:《懒寻旧梦录》,生活·读书·新知三联书店,1985 年。

[5] 夏衍研究会编:《巨匠光华映钱塘:夏衍研究文集》,浙江大学出版社,2012 年。

[6] 王蒙著:《不成样子的怀念》,人民文学出版社,2005 年。

[7] 许旸:《夏衍:被家国情怀所萦绕》,《文汇报》,2016 年 3 月 16日,第 9 版。

浙江大学传媒与国际文化学院供稿

郑俊磊、辛剑鸿、蒋雨露、秦子懿执笔

余文光

心怀国家　大医精诚

■ 人物名片

余文光（1901—1982），福建莆田人。著名外科专家，英国爱丁堡皇家外科学院院士。新中国成立后，历任原杭州广济医院外科主任、中国民主促进会中央委员及浙江省副主任委员、浙江省政协常委、中华医学会浙江分会副会长、浙江省外科学会主任委员、原浙江医科大学医学二系主任、原浙江医科大学附属第二医院院长等职。毕生献身医学教育事业，被誉为"中国现代外科先驱"。

■ 廉洁箴言

"施比受更有福。"①

■ 廉洁故事

在浙江大学医学院附属第二医院（以下简称浙大二院）的小花园里，有一尊老者铜像，儒雅、智慧，风度翩翩。这样静静伫立于此的他，似乎见证着浙大二院日新月异的变化。

---

① 余文光教导女儿的话。

他就是余文光，浙大二院的老院长。1950年，余文光被任命为杭州广济医院（浙大二院前身）副院长和外科主任，几年后，被任命为院长。在此后的30多年里，他一直就职于这家医院，以医院为家。1982年，余文光因病离世。遵照遗愿，他的骨灰全部洒在了当时医院在建二号楼的地基上。

人生的三次抉择

1901年6月10日，余文光出生于福建莆田城内的一个医生家庭。父亲余景陀是兴化圣教医院医师，余文光是家里6个孩子中的长子。1922年，余文光以获得医学学士和外科学士两个学位的双优成绩从香港大学毕业，之后在香港的平民医院中当了一年的外科住院医生。后来，余文光前往英国剑桥大学学习，并于翌年提前修满学业，以全优成绩获得公共卫生毕业文凭。

1924年，余文光从剑桥大学毕业后，面临了人生中的第一次抉择。当时国外环境很好，很多英国医疗机构都开出高薪聘请他，可是他并没有为此动摇。1925年春天，余文光回到了满目疮痍的祖国，在家乡的莆田圣路加医院担任外科医生，并积极筹建华实产科院。同时他还在莆田的许多乡镇设立产科分院，帮助培训助产士，破除当地沿用数千年的传统接生方法，倡导科学接生，这些举措使得莆田地区产妇婴儿的死亡率明显降低。

1932年，余文光再赴英国攻读FRCS学位（英国爱丁堡皇家外科学院院士学位）。在英国学习一年后，他就取得了FRCS学位，这是英国外科三个学位中最高的一个学位。余文光面临了人生的第二次抉择。"这个学位就像一张可以通行各国的绿卡，当时，很多医疗机构都向父亲发来了邀请函，英国有一家医院甚至允诺只要父亲过去，就给予外科主任的职位，还有一套房子。"余方（余文光之女）说。可是余文光却仍旧选择回到莆田圣路加医院供职，开始了他人生中精彩的行医生涯。

　　1933 年底回国后，余文光继续就职于莆田圣路加医院。1937 年卢沟桥事变爆发，他与其他教会、社会人士联合创办了仙游协和医院（今仙游县医院）、德化惠德医院（今德化县医院）和莆田广宫、大洋等分院，并将其作为抗日后方医院。他还经常带领救护队到各乡镇注射疫苗，开展防疫工作。为便于战时抢救伤病号，他精心设计了流动医院方案，将药品设备进行分装打包，以利于山区搬运，每到一处，箱子一打开，就可以马上办起一个简易的后方医院。

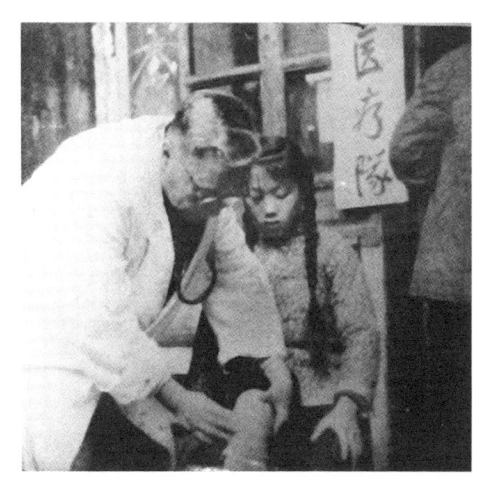

卢沟桥事变前后，余文光带领医疗队
为病人治疗

　　1945 年，余文光第三次赴英国进修，并前往美国参观学习，其间募捐到 5 万美金。归国后，余文光利用这笔资金，在被日寇飞机轰炸过的废墟上建起了一座规模宏大的"H"型五层病房大楼。

　　1949 年 4 月，余文光再次面临人生中的重大抉择。余方回忆道："当时，许多朋友和老同学都劝父亲去英国等地行医，美国的不少医院都发来了邀请函，对方甚至还买好了去香港的船票。"与此同时，时任广济医院院长苏达立也向余文光发出了邀请，表示当时医院很需要外科人手，希望他能到医院帮忙。面对艰难的抉择，当时尚年幼的余方清晰地记得父亲做出决定的那一幕："那时候，母亲把行李都已经打包好，准备出发坐船，临行前父亲却把自己关在房子里整整 4 个小时，直到开船前一刻，父亲才从房里出来，只说了三个字，'不去了'。"直到后来，余文光才说出了留下的原因："有钱人不怕看病难，可是中国的穷苦老百姓缺医少药，他们更需要我。"

清廉行医，德艺双馨

余方还小的时候，得了阑尾炎，需住院开刀。可是做完手术第二天，连缝合伤口的线都还没拆，余义光就让妻子带着余方出院了。理由是，当时院里的床位很紧张，别占着了。还有一回，余方的丈夫突发严重肺炎，高烧40度，因为没有床位，只能躺在急诊室的过道上。"当时我二姐也在住院，和父亲去说，他说床位这么紧张，一家人怎么可以占两个床位呢，就是没给我们安排。"余方说道。

作为一名外科医生，父亲究竟挽救了多少人的性命，余方并不清楚，可是她却知道，登门来道谢的病人和病人家属真的能把门槛踏破。"很多病人会拎着一篮子鸡蛋、提着鸡鸭上门道谢，母亲怎么劝都不回，实在没办法了，就追出去，硬塞给人家10元钱、5元钱，这是父亲千交代万嘱咐的，父亲总是和母亲说治病救人是应该做的，他们已经很不容易了，绝对不能收病人的东西。"余方回忆道，"父亲就是这样两袖清风，他总和我说，施比受更有福。"

■ 廉洁信物

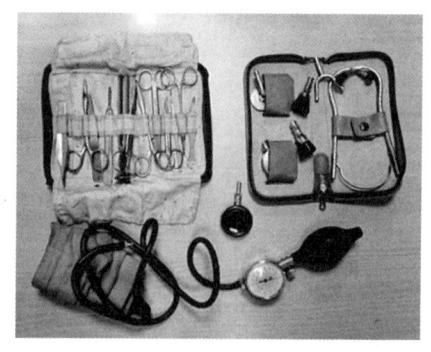

余文光下乡行医使用的手术用具和听诊器等

参考文献

王建安主编：《相信——广济传人：38 位名医逸事》，红旗出版社，2014 年。

浙江大学医学院附属第二医院供稿

杨颖、韩勤、王琳妤执笔

王国松

诚朴一生报国志　求是之魂砥中流

■ 人物名片

王国松（1902—1983），字劲夫，浙江温州人。著名电机工程学家、教育家，中国电机工程学会发起人之一，第一届全国人大代表，第二、四届民盟中央委员。1925年毕业于浙江公立工业专门学校（国立浙江大学工学院前身）电机科并留校任教，1930年赴美国康奈尔大学公费留学（其间获电机工程硕士学位和哲学博士学位），1933年回国后历任国立浙江大学副教授、教授、电机系主任、工学院院长，1950—1957年任浙江大学副校长、代理校长等职。

■ 廉洁箴言

"人生应以服务为目的。"①

"浙大学风纯正，生活条件虽然艰苦些，但为国家民族培植英才，比在敌占区当顺民要有意义。"②

---

① 浙江大学校友总会、电机工程系编：《怀念王国松先生》，1985年，第80页。
② 浙江大学校友总会、电机工程系编：《怀念王国松先生》，1985年，第166页。

■ 廉洁故事

王国松的一生，践行了淡泊名利、植根杏坛的坚定初心，展现了克己奉公、洁清自矢的赤诚精神，彰显了安贫若素、以俭养廉的高洁品格。"诚朴一生报国志，求是之魂砥中流"，写不尽他在浙大60余载前进道路上付出的心血，道不尽他为中国电力事业人才培养所做的贡献。"乐育英才、丰绩辉煌，人之麟凤、国之祯祥"，是对他一生中肯的写照与评价。

长材茂学，奉己一生耘教坛

18岁时，王国松怀揣着"科学救国"的理想，以第一名的成绩考入浙江公立工业专门学校（以下简称工专），毕业时又以第一名的成绩留校任教。这位师生公认的"天才少年"，将"育人兴国"作为一生不渝的理想，从此正式开启了自己的教育生涯。

数理基础扎实的王国松先后教授了代数、解析几何、微积分和材料力学等基础课程。留学回国后，除了主要教授直流电机、电厂设备、输电配电等专业课程外，他还新设了电工数学课程，并自编讲义。他的课生动有趣、条理清晰，常用数学理论论证解释很多电气现象，教学效果极好，受到学生的普遍欢迎。尤其是他敏捷的演算技巧、严密的逻辑思维以及擅于解决实际问题的工程能力，学生们每每提起都连连称叹。

在任教的最初几年，王国松多次收到师长、至亲的任职邀请，大多是"前途光明""待遇优渥"的要职，但他热心教育事业而无心追名逐利，能拒绝的便一一予以婉拒，有几次实在是盛情难却，虽然勉强答应，但一寻到机会他便想方设法回校继续工作。1925年秋，王国松应邀赴郑州豫丰纱厂电机科主持工作，次年年初便借军阀战争之故返校任教。1927年4月，他又收到浙江省党部青年部秘书胡定的工作邀约，以"非国民党员"为由拒绝无果后，勉强任职一月就找机会辞职归校。1934 年 5 月，国民政府要他担任军事通讯学校的教育长，授少将衔，面对高官要职、少将军衔，王国松毫不动心，推脱说自己不是学电讯的，果断回绝任职，继续在浙大教书。

在浙大任教期间，无论环境多么艰苦、生活多么清贫，王国松始终秉持"工业救国""教育救国"的初心，数次拒绝了弃教从政、弃教从商的邀约，不改其献身教育事业，为国家培养工程技术人才的志向。他淡泊名利、植根教坛的坚守，由此可见一斑。

砥节奉公，不计得失救危难

王国松素以工专的"诚朴"校训和浙大的"求是"精神为自己的座右铭。他历任电机系主任、工学院院长、浙大副校长、代理校长，其间经历了抗战西迁、复员东归、院系调整……无论什么时期、身处什么岗位，王国松始终一心为公、不计得失，凡事以师生为重、以学校为要。

1937 年，抗日战争全面爆发，杭州形势骤紧。11 月，学校被迫迁往建德，时任电机系主任的王国松日夜奔波忙碌，紧急安排电机系和工学院师生眷属搬迁的各项事宜。系里所有图书、仪器的装箱和起运，他都亲自组织、调遣。许多笨重的电器设备，他直接参与拆卸、装运、押送，避免图书仪器受损或丢失。迁到一地的临时教室、宿舍和眷属的临时住房，他也逐一做好安排协商。整日的奔忙，使他无暇顾及自己的家庭。那时他的夫人手抱 1 岁的婴孩，还要照料 4 个年幼的女儿，衣食住行均费尽心力。但王国松认为，时值国家破碎、民族危难之际，万家都在颠沛流离之中，岂能独顾自家？他将妻儿托付亲友照料后，便毅然回到师生身边。在纷飞的炮火中，王国松选择了与浙大、与师生同呼吸共命运。

1938 年 10 月，学校迁至广西宜山，师生们面临着疟疾和空袭两大威胁，生活十分艰难。在如此艰苦的条件下，电机系的教学行政工作依然有条不紊，这都得益于王国松的亲力亲为。整个教学行政的安排，不论是教授聘请、教材内容编制、课程与实验设置、新生入学考试与毕业生就业分配，还是学生的工读、奖学金乃至各种纠纷，他都一一督查并落实。除了做好行政工作，王国松还承担着《交流电路》等专业课的教学任务，常常在油灯下备课至深夜，难得安睡。在无情的战火中尽全力维持正常的教学活动，足见他为国家育栋梁的赤诚之心。

1940 年 1 月 12 日留别宜山纪念（前排左三为王国松）

尽管西迁生活十分清苦，但王国松每次遇到学校师生组织的爱国义卖行动，都尽己所能地拿出物件参加义卖，为国家抗战做出自己的贡献。每当师生有难，他也常常慷慨解囊，倾尽全力帮助他们渡过难关。王国松千方百计为学生争取助学贷款，竭力提倡工读，还在校务会议上主张设立"寒衣贷金"，帮助衣衫单薄的学生度过寒冬。那个年代，大学生毕业就面临着失业，要想找到一份合适的工作十分不易，王国松总是为学生的就业问题四处奔走、多方联络，为学生的前途着想，这在校友们怀念王国松的文章里被广泛提及。

在管理院务与校务的几十年里，王国松始终坚守"诚朴、求是"的座右铭，守身持正，廉洁自律，绝不占公家便宜。在浙大复员东归、亟须修复校址时，他四处奔走，筹集钱款，凡事都坚持秉公处理。作为工学院院长、电机系主任和校务委员，他主管预算制定、经费稽核、教师聘任等诸多财务工作，"上交不谄，下交不渎"，秉持公开透明、严格督管的原则，清风峻节，身正令行。解放战争期间，国统区物价飞涨，学校哪怕薪水最高的教授的月薪也只够买 4 斗粮食，广大师生常临断炊之忧。作为学校应变委员会的一员，王国松为学校争取经费、节约开支而日夜操劳，协助竺可桢校长四处商借，并在财务支出上精打细算、竭尽心力，维持了全校师生最低限度的生活。正是由于他为每一位师生尽心尽力，公而忘私、洁清自矢，因此被大家亲切地称作"电机系的重心""整个学校的支柱"。

克勤克俭，清廉自守行敦素

王国松一生生活简朴、勤俭治家。据其女王筱雯回忆，父亲一辈子节衣缩食、力行节俭，"身上的衣服补了又补，有几件抗战时期的衣服穿了足足四十年，一直到临终前还在穿"。随校西迁期间，由于战火和恶性通货膨胀，王国松的生活极其拮据，身边除了一些换洗的衣服和书籍、讲稿，再无其他。每日只能与几位教授合伙包饭，仅有豆芽、豆腐等简单饭食，往往数月不知肉味。住所则是与其他教授一起合租一间陋室，冬难以御风，夏难以避暑。

新中国成立后，组织上考虑到王国松家里子女多、经济负担重，曾提出给予他家庭定额补助，但他考虑到当时国家正处于百废待兴的经济困难时期，自家的困难应由自己去克服，绝不能因为自己增加党和国家的负担，于是毅然拒绝了补助。

1976 年后，王国松的身体和精神不复从前，但他仍坚定地对子女们说："我虽年事已高，但不能辜负党和人民对我们的关怀，我要竭尽全力为国家多做点事。"即使精力衰退、疾病缠身，他仍然继续从事教育教学工作，并且更加热心地投入社会工作。国内外许多校友来信慰问，并希望能随赠一些慰问品，王国松都一一谢绝。校友冯绍昌曾寄给他 200 美金，希望他以身体为重，购买一些滋补品调理身体，但王国松随即将这笔钱转赠电机系资料室用于图书购买。每当国外学者寄来最新的科技书籍资料，他也第一时间转送教研组。"虽然已经退休，也还经常到学校走走，对教学和培养年青一代，尽我晚年应尽的职责。"两鬓染霜的王国松在浙江大学建校 85 周年讲话中这样说道。

王国松退休后仍在为教育事业努力工作

　　王国松一生淡泊名利、坚守初心、光明磊落。他常常告诫学生："人生应以服务社会为目的。"而他就是这样坚持了一辈子。桃李无言，下自成蹊，其矢志报国的初心、大公无私的德行、诚朴廉洁的作风，堪为后辈之楷模典范。

■ 廉洁信物

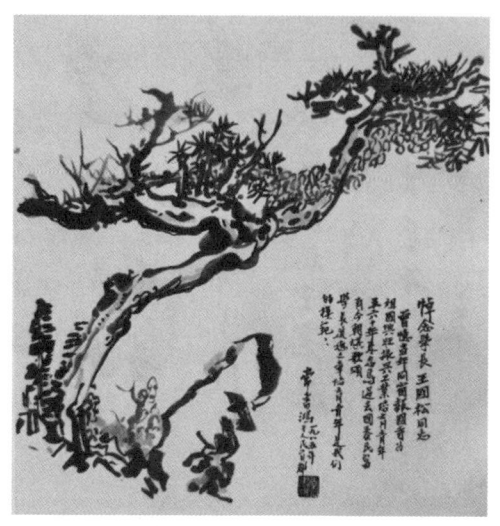

画家常书鸿为悼念王国松先生所作的《劲松图》

画中题词:"曾忆当年同窗报国寺,为祖国兴旺、振兴工业培育青年。五六十年来忽焉过去,国泰民富有今朝,堪歌颂。学长道德文章培育青年,是我们的模范。"

参考文献

浙江大学校友总会、电机工程系编:《怀念王国松先生》,1985年。

浙江大学电气工程学院供稿

王瑞、钟翼执笔

陈　立

克尽厥职　光明磊落

■ 人物名片

陈立（1902—2004），字卓如，湖南平江人。中国共产党党员。著名心理学家、教育家，英国伦敦大学大学院院士，浙江大学终身教授。中国工业心理学的开拓者，智力与测量理论的创新者，杭州大学心理系的建立者，中国科学工作者协会的发起者，中国科学院心理研究所的筹备者。1979—1983年任杭州大学校长，1984—1998年任杭州大学名誉校长。倾毕生精力投身于心理学事业，致力于将心理学引入中国的社会与经济发展中。先后被中国心理学会、中国人类工效学学会授予"终身成就奖"。

■ 廉洁箴言

"每次到他家的另一个感觉就是，他虽已高龄年迈，事业卓有成效，但仍然甘居陋室，乐在其中。他担任校长期间，一间会客室不足6平方米，成天伏案工作的书房也不过4平方米左右，真是对工作要求很高很高，对生活享受很低很低。应该说，他手中握有一定权力，但从不为私谋利，对家属子女严格要求。他有一个儿子做了很长时间临时工，他也不托关系、走后门，让子女经受锻炼，有独立生活的能力。"①

■ 廉洁故事

陈立先生一生廉洁奉公，光明磊落。在浙江大学心理系创建初期，他以身作则节省出国访问补贴，为心理系添置了第一台计算机；担任校长多年里，严于律己，从不以权谋私。此外，他还是我国科普事业的积极开拓者，终身致力于把知识奉献给人民，彰显出廉洁底色下的学者担当。

艰苦从教，乐此不疲

"虽然经历了颠沛流离的抗战时期，但我对心理学的研究却始终没有中断过。我一生还是个科普积极分子，从'五四'时期起直至今天。"陈立曾这样表示。

战争期间资源短缺，再加上西迁之所往往偏僻，物质条件自然十分艰苦。可陈立考虑的从来不是享受，无论吃多少苦，他的眼里只有心理学的教学和研究。浙大每迁到一个新的地方，心理实验室的用房总是最成问题的，他每次都会去力争一小块地方安置仪器并安排同学们的教学实验。旧的实验用具日益消耗损坏，简单的仪器也没有工厂可以承修，一台旧的手摇计算机修修补补两年还在勉强使用，他就在这样简陋的条件下，穷年累月地埋头于计算和誊写数目上。

科普工作是一项吃力不讨好的事，可这项工作对社会对人民却又很重要，没有一点热情和奉献精神恐怕不行。既然选择了科普事业，陈立也就做好了吃苦的思想准备。

西迁路上，陈立和苏步青、蔡堡等青年教授一边教书，一边组织浙

---

① 王家扬在《亦师亦友忆故人》一文中对陈立的评价。引自《陈立先生纪念文集》，浙江大学出版社，2006年，第3页。

大师生去中学和农村开展科普宣传，在遵义等地的墙头出科普墙报，声援抗日救亡活动。为了吸引观众，他们常常要做些新奇的实验，仪器设备倒是可以向学校借，可来来回回搬运的黄包车钱免不了要自掏腰包。

由于陈立总是自己贴钱编印资料、创办壁报、散发传单，他的举动一度引起了国民党特务的注意。当时贵州息烽集中营的一个头目，曾当着竺可桢校长的面质疑陈立的动机，还特地叮嘱学校，要特别注意他。

1948 年 1 月，中国科学工作者协会杭州分会成立，会上陈立进一步阐述了协会宗旨，并被大家推选为分会主席，而在当时，教授主动愿意担任一个比较进步的团体的领导人是比较少见的。协会早期的办公条件很艰苦，长生路 4 号简陋的房子里有的只是几张桌子板凳。但大家团结一心，同甘共苦，并且乐此不疲，出钱出力为协会办事，也都毫无怨言。

在 3 月初举行的迎接新会员大会上，竺可桢校长作为中国科协监事讲了话，还组织了一系列增进友谊、加强团结的活动。其中有一项活动是去莫干山观测日食，当时向学校借了一辆运货的大卡车，陈立和大家带上草席和毯子，满满当当挤了一车。旅馆住不起，就向莫干山小学借了几个教室，睡地板。清晨天未亮，所有人就兴高采烈地出去看日出。从那之后，陈立把科普当成了一生的事业。

厉行节约，助力学科

恢复建系之初，国内经济危难、人才青黄不接，陈立为心理系的发展日夜操劳。1983 年，他接到教育部要求，赴美、英等国进行工业心理学考察，与心理系副主任朱祖祥和管理心理学教研室主任卢盛忠组成了考察团。

40 多天时间中，他们访问了美、英两国包括哈佛大学、麻省理工学院、斯坦福大学、剑桥大学、牛津大学在内的 30 多个校、院、系、所、公司，同美、英两国的120多位工业心理学家进行了座谈与讨论，几乎每天都要到深夜12点或1点后才能就寝。陈立当时已81岁高龄，许多外国朋友都对他忘我工作的精神表示由衷的钦佩。

1983年，浙江大学工业心理学考察团在美国考察
（中为陈立）

在这样的高强度工作中，陈立心里想的依旧是完善心理系的办学条件。按照联合国的待遇，除全程机票外，每人每天的生活费用标准为100美元。在整个访问期间，陈立以身作则，从不多用一分钱。在他的带领下，考察团一共从生活费中节省下7000多美元。大家一致同意将个人生活补贴贡献出来，给心理系买了第一台计算机和170册图书，剩余经费则全部交由系里，作为其他师生之后出国进修的基金。为此，《浙江日报》发表文章点名表扬，足见当时以陈立为代表的一大批心理系教师的无私精神。

浙江大学心理系第一台计算机

陈立平日里从不大手大脚，可当事关心理系的发展时，他又是最大方的。回国时，因事先未办理申请手续，不能将计算机从海关取回，连学校设备科也觉得此事难办。陈立马上召集心理系领导进行商议，决定无论

海关要罚缴多少费用，也要把这台计算机带回来。经过多方交涉和耐心解释，海关最终予以免税放行。当第一台计算机在心理系组装完成时，陈立和诸位系领导的高兴之情可谓溢于言表。

廉正之心，慈父之情

陈立作为校长从不徇私情，即使有一定权力，对自己和家人也都严格要求。在他家中，常看到一个高大英俊却又满脸天真的中年男人，总是沉默着，那是陈立的大儿子陈亦凡。在抗战时期，陈立全家随浙大西迁。在贵州湄潭，当时还是小孩子的陈亦凡发了高烧，因为条件所限耽误了治疗，造成了脑损伤。

1960 年陈亦凡初中毕业后，到杭州大学后勤部门的工厂当了一名学徒工。不久，由于国家财政困难，学校压缩人员编制，陈亦凡被精简了。陈立知道后找到领导商量："既然国家有困难，那就不拿工资了，让他留下来吧。"

在陈立的劝说下，陈亦凡留了下来，努力工作，积极上进，1965年还被评上"学雷锋积极分子"。但是陈亦凡想不通，自己表现那么好，为什么没有工资？陈立一面安慰他，一面又嘱咐学校财务科，每个月从自己工资里扣出 20 元钱作为"工资"发给他。就这样，他实际上无偿为工厂工作了 20 年。

但是时间长了，陈亦凡还是发现了破绽。他找到陈立问："我怎么老是拿 20 元钱？什么时候解决我的工作问题？"而陈立只能宽慰他："你好好干，工作问题一定会解决的。"但陈立始终都没有向组织提出来过。1983 年以后中央开始落实各方面的政策，陈立的夫人实在是憋不住了，向组织反映了这个问题，这才将儿子的工作转正，发了工资，他也真正成为一个自食其力的人。

陈立作为一个父亲，对大儿子陈亦凡，虽然有时会觉得惋惜，但仍然充满了自豪，因为他尽力做到了最好。逢人介绍时，陈立都会骄傲地说："这是我的大儿子亦凡，已经快退休了。他在工厂里工作，很认真的，他车出来的零件个个符合标准。"

▪ 廉洁信物

陈立的书桌

陈立从不追求物质生活上的享受，从 1990 年心理系新大楼落成，直到 2004 年去世，在不大的办公室里，他一直用的是这张书桌。

参考文献

[1]《陈立先生纪念文集》编辑小组编：《陈立先生纪念文集》，浙江大学出版社，2006 年。

[2]陈立著：《陈立心理科学论著选（续编）》，浙江大学出版社，2001 年。

浙江大学心理与行为科学系供稿

曹可执笔

姜亮夫

淡泊勤廉的人文大师

▪ 人物名片

姜亮夫（1902—1995），名寅清，字亮夫，云南昭通人。著名楚辞学家、敦煌学家、语言学家、文献学家。毕业于成都高等师范学校、清华大学国学研究院，后赴法国巴黎进修。1953年起，先后担任浙江师范学院（杭州大学前身）教授、中文系主任，杭州大学教授、中文系主任、古籍研究所所长、博士生导师。历任第一届至第五届浙江省政协委员。

▪ 廉洁箴言

"以实证定结论，无证不断。"[1]

"最近一位友人给我的信上说：'当斯时也，卖野人头者，以夹缠训诂逞学力，念歪嘴经者以颠倒是非冲才华。……然先生竟未为此风所中……甘淡泊，耐勤苦，为学术贯通，治学求谨严、老老实实，作学问，越半世纪……'云云。赞赏我的话，惭不敢当，但说我不卖野人头、念歪嘴经，倒略略近之。我不是不想'卖'、不想'念'，实在只

---

① 姜亮夫：《〈楚辞通故〉撰写经过及其得失》，《文献》，1980年第3期，第32页。

是一个'笨'字了得。"①

■ 廉洁故事

姜亮夫一生勤廉，淡泊名利，两袖清风。治学 70 余年，始终以学问为己任，不计得失；坚持以育才为己乐，安于清朴。他以一生的勤恳与淡泊，筑丰碑于学术，立模范于人心，先生之风，山高水长。

一生勤俭，淡泊之乐不更易

1920 年，19 岁的姜亮夫带着对封建旧式大家庭的叛逆，带着母亲用陪嫁饰物换来的钱和为他做的布袜，也带着深厚的传统文化基础和优异成绩，出滇北，过宜宾，走进了中国儒学极盛的蜀中，拜名儒为师，在成都高等师范学校开始了新一轮学识的积累。

大学期间，他一方面在学校夜以继日地勤奋苦读，经常晚上熄灯以后在通向厕所的路灯下看书，将生活费用的绝大部分耗在书肆中，有时还不得不打工来维持生计；另一方面，他开始发表诗作与论文，完成了《昭通方言疏证》的初稿。

姜亮夫的生活虽然简朴，甚至拮据，但他甘之如饴，在几年中读完了《诗经》《尚书》《荀子》《史记》《汉书》《说文》《广韵》诸典籍，这为他日后的中国文化研究植下了深厚的根基。

1954 年，姜亮夫奉调前往浙江师范学院任教，结束了频繁奔波的动荡生活。在此之后，姜亮夫的生活基本是教书、看书、写书……一家三口住在杭州 40 年中，举家出游西湖的次数不超过 10 次。其中，"书"缘是最主要的原因，他的家里经常宾朋满座，师友论学，学生问业。他的生活有序而丰富，但无不与书有关，无不置情于学。

---

① 姜亮夫：《姜亮夫自传》，《文献》，1980 年第 4 期，第 195 页。

姜亮夫（右二）与学生们在一起

姜亮夫的日常生活十分简单，"早餐一碗豆浆、一个蛋、一个豆沙包，十年不变，晚上小碗粥或面条，中午荤素搭配，每日上课、写作、会友，午后稍息，很少吃补品，习蒋维乔《因是子静坐法》、床上八段锦，一日三次，三十多年尽皆如是"。

此外，姜亮夫对钱很豁达，对亲友、学生的接济时时有之，岳父、岳母和母亲三位老人的生活费几占他工资的四分之一。他虽然是杭大仅有的几个穿西装的人，但到晚年，却只有三件涤棉外衣，冬罩棉袄，春秋着便装。家人再三请求给他添置新衣，但是他却无论如何不肯，除棉衣裤外，很难给他"革新"服装，否则平日脾气极好的他便要发火。

清廉为先，不计得失治古学

姜亮夫始终以研究中国古代文化为己任，以中华文明的赓续绵延为理想，他一生为之奋斗，倾其所有，不计得失，展现出一位文人大师的清廉风骨。

1935 年，姜亮夫筹款自费去法国留学。他原计划在巴黎大学学习考古学，攻读博士学位，但没过多久就放弃了这个计划，转而投身于

更重要、更值得付出的事
业——抢救祖国文化遗产。
当时他在巴黎国家图书馆看
到这么多的中国古代文献和
文物被收藏在法国，尤其是
保罗·伯希和带回的极为珍
贵的敦煌文献，深感保存和
继承祖国优秀文化是自身义

20 世纪 30 年代，姜亮夫在欧洲游学

不容辞的责任。他毅然放弃了在巴黎大学攻读学位的计划，转而投身于
在国家图书馆抄录、研读的工作。

在此期间，姜亮夫安于清贫，潜心研究，每日抄录"工作"从博物
馆早上开门，一直持续到晚上关门。在博物馆藏敦煌经卷中，有一部分
已经灰尘满面。经卷上的那些字本来就小，又因为年代久而不甚清晰。
对于这些经卷，姜亮夫也相当珍视、不愿放弃。当时图书馆的阅览室灯
光较为暗淡，姜亮夫的照相设备也非常简陋，因此只能一个字一个字地
抄写。同时，因为经济上的拮据，姜亮夫每天只能吃几块夹着包心菜叶
子的面包，工作量却巨大。

忘我的工作情景被图书馆的工作人员看在眼里，深受感动的图书馆
管理员破例为他每天推迟闭馆 1 小时，这样姜亮夫就能多抄录一些。但
是高强度的工作和不良的抄写条件，不可避免地使姜亮夫的眼睛受到严
重伤害。他后来这样回忆："用刀片轻轻地刮去灰尘，刮不了的，改用
唾液去一点一点地粘，轻粘一下，看出一个字，抄写一个字，一天只能
写两三行。到全部抄写完毕，我的近视眼增加了六百度。"

在这样艰苦穷困的条件下，姜亮夫仍然坚持着高强度的拍摄、抄
录。他对当时一切能够接触到的我国珍贵文物，如经卷、字画、器物等

等，统统进行了摄片、抄录、影写，"共得文物艺术制片一千四百余张，其中敦煌制片四百余张"，并于 1937 年带回祖国。

两袖清风，"五百瓶斋"成巨著

姜亮夫在学术与教学园地里辛勤耕耘了 70 多个春秋，为学界留下 30 多部学术论著，数百篇学术论文，涉及中国文化史上多方面内容。其学术成就历来为学术界所瞩目，被尊为一代学术宗师。

上海古籍出版社出版的《成均楼论文辑》分为楚辞学、敦煌学、古史学、古汉语等四类，这是姜亮夫创获最多的学术领域。在他 70 多年的学术生涯中，研究领域多有变化，唯有《楚辞》研究贯穿始终。姜亮夫的第一部学术著作《诗骚联绵字考》，即由《楚辞》入手；他晚年最满意的、同时也能体现他一生学术风格的集大成巨著，也是关于《楚辞》的研究，就是著名的《楚辞通故》。而这部 180 万字的巨著，就产生于姜亮夫狭小、朴素甚至简陋的"五百瓶斋"之中。

1954 年，姜亮夫来到浙江师范学院任教，校方派一辆大车来接。大车到后却只发现三个人、两只皮箱，这便是姜亮夫一家来杭州时的全部家当，这使来接的人感到诧异。姜亮夫在杭州的 40 年生活，以及巨著《楚辞通故》的准备与写作，就此开始。

他的工作场所是一个小屋：面积 10 平方米、3 个书架、1 张床。睡觉占 2/3，书占 1/3。一张桌子是多功能的：吃饭时将书移开，是餐桌；来客奉茶，是"茶座"；写稿时一尺见方放纸笔搁手，其他便是放置菜碗、茶杯、水瓶、糖罐、饼干盒……最多的是药瓶。对此小屋，姜亮夫有过自嘲式的戏谑，封此室为"五百瓶斋"。

20 世纪 50 年代中期，家里经济状况渐渐好转，姜亮夫便开始大量购置图书，几乎用尽所有的薪酬。他还长期雇请一名文书，每日在家为他抄录各种资料。凡书必读，读必分类摘录所需材料，积十余年已有数十万字卡片和无数大纸箱的资料，供其随时选用，而家中藏书已达数千册。

到60年代，姜亮夫以三余之暇，已基本完成《楚辞通故》的资料汇集并开始撰写书稿。但10年艰辛工作还没有体会到收获的喜悦，却先遭到了毁灭性的打击。"文革"风暴波及了姜亮夫的书斋，顷刻之间，《楚辞通故》几乎成为覆巢残卵，大约有1/4的书稿被洒落到屋前的小院中，或碾作泥、化作尘，或随风飘去。洗劫过后，他弯着腰在庭前院中，把捡起的纸片一张张抚平，揩去上面泥水之渍，艰辛地把这心血之作又悄悄收回到蜗居的小屋里。

70年代起，外面的冰雪风雨渐渐和他没有多大瓜葛了，他拉上墨绿的窗帘，还是那么心平气和地躲进小屋，自成一统，默默地补写这近1/4的书稿，重新一个字一个字地补回近50万字的心血。补写的过程十分吃力，那时只有80元生活费，姜亮夫不舍得买纸，便用旧讲义纸翻过面来写，墨水则用绿、紫二色染料粉调配而成，所以后来他抄稿和整理时便特别吃力。

但就是在这种简陋、艰苦的条件下，姜亮夫完成了多达180万字的《楚辞通故》，为后辈学人奉上一部光辉夺目的巨著。正如其女姜昆武所说："80年代，'五百瓶斋'已成过去；但我始终记得那小屋的情景：他在艰难困苦中的那一份淡定，他这种淡定的心态，快乐地从业，肯定不是什么人都能做得到的。我不懂心理学，也不完全相信大学才能培养大师；却深信如果一个人以几乎简单而纯白的心去爱他的'业'，这才是最根本却又非人人能做到的事。"

◾ 廉洁信物

姜亮夫《楚辞通故》手稿本

参考文献

[1]姜亮夫：《〈楚辞通故〉撰写经过及其得失》，《文献》，1980 年第 3 期。

[2]姜亮夫：《姜亮夫自传》，《文献》，1980 年第 4 期。

[3]姜亮夫：《我是怎样整理敦煌卷子的》，《文史知识》，1983 年第 6 期。

[4]姜昆武：《苦行修善果——忆先父姜亮夫先生》，《文史知识》，2008 年第 8 期。

[5]姜亮夫著：《姜亮夫自传》，书目文献出版社，1981 年。

[6]姜亮夫著：《姜亮夫全集》，云南人民出版社，2003 年。

浙江大学文学院供稿

公言海执笔

蔡邦华

廉洁从教　师表千秋

■ 人物名片

蔡邦华（1902—1983），江苏溧阳人。中国共产党党员。著名昆虫学家、教育家，中国科学院学部委员（院士）。早年留学日本，就读鹿儿岛高等农林学校，1924年回国。自1928年起三度任教于浙江大学。1939年8月起任浙江大学农学院院长，长达13年，带领浙大农学院师生前往贵州湄潭坚持办学，为抗战胜利后的校区重建做了精心规划。曾任中国科学院动物研究所研究员兼副所长、中国昆虫学会副理事长等。

■ 廉洁箴言

"无论老少亲疏，人人都有发言权。"①

■ 廉洁故事

蔡邦华一生执着从教，艰苦朴素，倾情奉献教育事业。他从1939年起担任浙大农学院院长13年。抗日战争时期，他带领农学院师生辗

---

① 程家安编：《蔡邦华院士诞辰110周年纪念文集》，浙江大学出版社，2012年，第95页。

转西迁办学，凝聚思想、以身示范、坚持民主，在战火硝烟弥漫的恶劣环境下，不仅扩大了农学院的办学规模，还结合贵州湄潭当地实际，率领师生大力克服艰难困苦，开展科研工作，产出了一大批卓越的科研成果，培养了一大批能担大任的优秀人才。越是没有条件，越是要创造条件，就是本着这不畏艰苦、开疆扩土的信念，蔡邦华带领着老一辈浙大农学人用汗水浇铸求是种子，在逆境绽放创新花朵，为我们留下灿烂的文化血脉与精神宝藏。

赓续文脉　培育良才

在西迁办学的艰苦岁月中，蔡邦华始终坚持以教书育人为己任，在他的心目中，教师是第一身份，教学是第一责任，无论怎样的恶劣环境都不能影响学生上课。1938年秋天，战事吃紧，浙江大学搬迁到广西宜山办学，蔡邦华所在的昆虫组只有他一位教授和两位助教，而当时需要开的课有普通昆虫、昆虫分类、经济昆虫、昆虫研究法、害虫防治、昆虫生态、害虫猖獗、昆虫形态、卫生昆虫等10门课。一支粉笔、两袖清风、三尺讲台、四季耕耘，蔡邦华通过合并三、四年级共同开课，多个系合并上课等方法，保障学生不落下一门课程。如豆的油灯下，简陋的礼堂中，随处可见蔡邦华认真备课、讲授课程的忙碌身影。他在课前广泛收集国内外资料，讲课时细致详尽、娓娓动听，让学生能够接触到专业领域最前沿的研究成果。

1939年，南宁失陷，战局紧张，蔡邦华作为7人迁校委员会和3人遵义新校舍筹备委员会成员，为迁校至遵义而奔忙。在抗战动乱的年代中，他不仅忙于搬迁和教学，同时也努力争取时间就地开展研究工作，没有条件也要创造条件。西迁路上，蔡先生组织学生就地采集各类标本，深入西南山区进行昆虫考察。外出开会时，他总会带上捕虫网、采集袋等工具，次次都满载而归。无论寒冬酷暑，他都坚持带领师生们到农村进行调查研究，并常和年轻人一起深入农田、林地、山区，跋山涉水，取得了教学和科研的双丰收。

蔡邦华育人理念先进，纵使环境艰苦，他始终心怀光亮，将个人需要置之度外，将学生需求放在首位，以乐观向上的态度不断创新育人实践。师生们都说："蔡院长是培育良才的热心人。"在湄潭，多有青杠树，他常指导学生养以青杠树叶为食的柞蚕，开展科学试验。他鼓励学生举办自捕昆虫展览会，进行昆虫科普宣传，每年还编印《病虫知识》期刊作为交流，既培养了学生学习的兴趣，又提高了当地百姓对昆虫的认识。在蔡邦华的带领下，农学院师生团结一致，克服困难，学院不断发展壮大，于1942年增设了一个学部，并招收研究生。等到回迁时，路途遥远，蔡邦华什么行李都能扔，唯独把这批宝贵的标本和重要书籍保留下来。

学术民主　平等对话

蔡邦华主张学术民主，善于倾听各方面意见，鼓励晚辈大胆发表自己的看法和见解，并且应坚决服从真理。他坚持"无论老少亲疏，人人都有发言权"。比如，关于松干蚧学名的争论一直都很激烈。蔡邦华曾一度认为我国沿海的松干蚧同日本松干蚧为不同种，因为我国松干蚧的雌性成虫触角为9节，有别于日本昆虫学家桑名伊之吉发表的文章中对日本松干蚧的鉴定特征。但他的学生杨平澜却认为中日两国的松干蚧为同一种。两人谁也无法说服对方。后来，蔡邦华从日本带回松干蚧的标本，重新进行检查，才发现桑氏记载确有错

1981年，蔡邦华参加在云南昆明召开的"森林害虫综合治理学术讨论会"

误，两者应系同一种。1981 年初，他在云南昆明召开的森林害虫综合治理学术讨论会上，公开修正自己的观点，并承认杨平澜的论点是正确的，从而结束这场旷日持久的学术争论。浙大人的求是精神在蔡邦华身上得以生动展现。

在日常工作生活中，蔡邦华也为人谦虚、平易近人，善于倾听师生的需求和观点，坚持与师生平等对话，使得师生能够畅所欲言，敢于提出各种问题。蔡邦华欢迎同学们随时进入他的办公室提出问题，每每有学生去找他，他都会马上放下手中正在做的工作，和年轻人一起讨论问题，并在第一时间给予答复，做到件件有着落、事事有回应。有一次，学生去他办公室提出关于昆虫研究的参考书比较少，这是由于当时物质条件非常困难，现有的图书是从杭州运出来的老书刊。这个问题被蔡邦华牢记在心，他精打细算有限的经费并派人到上海采购新书，不久，大家就在湄潭图书馆见到了不少新书。

公平正直　克己奉公

蔡邦华始终以身作则，在工作和学术上遵循公平正直的原则，以实际行动引领师生树立优良学风、培养正直诚信品格、恪守科学道德，为科学研究事业和教育事业奉献终身。

20 世纪 60 年代初，小兴安岭落叶松人工幼林发生严重虫灾。由于球蚜是一类古老而特殊的类群，相关防治工作人员对该物种一无所知。当时防治小组一边防治，一边在蔡邦华的指导下对球蚜这一昆虫类群进行调查研究。几年后，蔡邦华让工作人员对前阶段工作进行整理和总结，并对他们撰写的《落叶松上蚜虫的研究》一文进行审阅和修改，推荐其发表。蔡邦华嘱咐，由于他未参加实际工作，不要署他的名字。定稿后，学生还是由衷地把他的名字放在前面，但待学报正式刊出后，才发现蔡邦华还是联系了学报将自己的名字改在后面。蔡邦华以他的行动，展现了一个正直的老科学工作者对科学研究客观、认真、严谨的态度，和对年轻人的指引和扶植，在年轻的科研工作人员心中埋下了正直的火种。

蔡邦华一生廉洁清贫，爱国惜才，心里装的始终是学校、师生、

1963 年，蔡邦华在山东崂山上
观察极为危险的松树害虫松干蚧

科技工作者。在病重期间，他希望能够发挥余热支持西部大开发，告诉夫人陈绵祥，把他一生收藏的 832 册专业书、163 种期刊和 2588 份资料捐赠给陕西省林业科学研究所。捐赠后，陈绵祥拒绝了陕西省林业厅颁发的奖状和 1 万元人民币的奖金，建议设立"蔡邦华森林昆虫学术奖基金"，以奖励为发展我国森林昆虫做出贡献的科技工作者。一身正气，两袖清风，老一辈科学家的赤子之心，跃然纸上。

廉洁信物

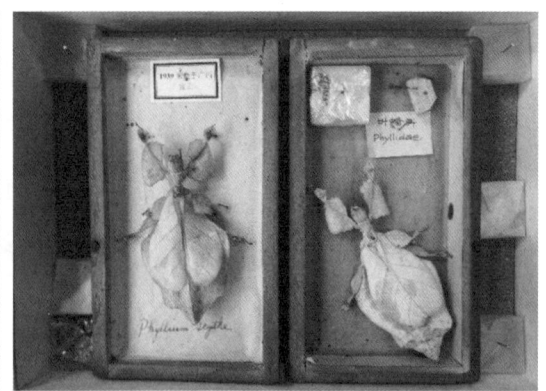

西迁途中，蔡邦华带领学生采集的昆虫标本，至今仍保存在浙江大学

参考文献

[1]蔡恒胜：《蔡邦华与浙江大学的不解之缘》，载柳怀祖、边东子、蔡恒胜等著：《中关村纪事》，东方出版中心，2021年。

[2]程家安编：《蔡邦华院士诞辰110周年纪念文集》，浙江大学出版社，2012年。

[3]黄复生、侯陶谦、殷蕙芬：《悼念我们的老师蔡邦华教授》，《昆虫分类学报》，1984年第1期。

浙江大学农业与生物技术学院供稿
吴旻执笔

贝时璋

学问试看胜于我者　境遇要比不如我者

■ 人物名片

贝时璋（1903—2009），浙江镇海（今宁波市镇海区）人。中国共产党党员。著名实验生物学家、生物物理学家和教育家，中央研究院院士，中国科学院学部委员（院士）。中国实验生物学和细胞学的开拓者之一，生物物理学的奠基人和开拓者。先后创办浙江大学生物系和中国科学院生物物理研究所。长期从事细胞常数、再生、性转变以及细胞的结构和分裂等方面的研究，创立"细胞重建学说"。致力于中国生物物理学的发展，开创放射生物学研究，创建宇宙生物学研究室，为中国原子能的和平利用、"两弹"试验等放射生物学研究以及宇宙生物学和载人宇宙航行事业的发展做出了重要贡献。

■ 廉洁箴言

"学问试看胜于我者，境遇要比不如我者。"①

"一个真实的科学家，是忠于科学、热爱科学的。他热爱科学，不

---

① 李芸：《贝时璋：用自己的生命研究生命》，《科学时报》2010年11月11日，第B1版。

是为名为利，而是求知识、爱真理，为国家做贡献，为人民谋福利。"[1]

■ 廉洁故事

贝时璋的一生，以家国为首，与学术为伴，以廉洁为友，热诚而纯粹，高尚而不朽。纵观他的人生，从海外求学到回国反哺，从扎根生物到学科交叉，从个人际遇到家国命运，他始终将廉洁之气贯穿于自我成长的历程中，始终将个人理想融入社会与国家的宏图里。凭借着一股钻劲和两袖清风，贝时璋成为一代代浙大人学习的楷模。

筚路蓝缕，以启山林

一封秋天的"病危电报"开启了贝时璋漫漫远兮的归途。1921 年秋，刚满 18 岁的贝时璋花了 100 多元钱买了一张三等舱船票，随身携带留学一年的开销，离开了祖国、家乡和父母，踏上了赴德国的自费留学之路。贝时璋家境贫穷，想去德国自费留学几乎没有可能。但是，时值德国国内通货膨胀、马克贬值，经父母的多方筹措，命运给了这位寒门弟子一个机会。1929 年，26 岁的贝时璋已在德国掌握了扎实的学科基础与丰富的实验经验，这让他萌生了学以致用、回国贡献的想法。巧合的是，同年秋天，国内一封告知"母亲病危"的电报让这位孝子愈发思念远在老家镇海憩桥的父母。寝食难安下，贝时璋在征得导师哈姆斯教授的同意后，开启回国的漫漫征程。

一条曲折的"西迁路"延伸出逐渐壮大的浙大生物系。1930 年，没有人注意到，此时在浙江大学一座三开间的房子里，年仅 27 岁的贝时璋依托于国外所学与个人的积累，已经开始着手筹建生物学系：从学科规划到挑选教材，从仪器采购到绘制挂图。众所周知，学科规划并非

---

① 王谷岩：《贝时璋：真实科学家的科学人生》，《中国细胞生物学学报》，2019 年第 41 期，第 157—172 页。

易事，尽管手头有一定的经费，但他始终贯彻廉字当头，从不滥用一毫一厘。随后，接踵而至的是漫长的抗战时期，西迁办学在当时每一位浙大人的心中都打下了深深的烙印。西迁路上，学生流离失所居多，往往有家不得归。面对经济窘迫的学生群体，贝时璋不仅自己身体力行，一切从简，还主动帮学生寻找勤工俭学的机会，为特殊时期的学生提供了经济支撑。1939 年，敌机在广西宜山标营浙大校舍投弹 118 枚，学校损失惨重。然而，当天晚上，在残垣断壁中，贝时璋照常给学生们上课。即便身处动荡之中，贝时璋也能为学生创造一种安心、稳定的学术氛围。只有和学生同甘共苦，方知来路不易，多年以后，"大不自多，海纳江河，惟学无际，际于天地"的浙大校歌仍回荡于贝时璋的耳际。

1940 年，浙江大学生物学系师生合影（前排右四为贝时璋）

一个"一意孤行"的决心引领了一门交叉学科的横空出世。事实上，贝时璋在 1958 年提出要建立中国科学院生物物理研究所时，反对意见不绝于耳。学科交叉，在当年有着"独上高楼，望尽天涯路"的况味。质疑的核心问题在于生物物理学是否能够作为一门独立的学科。然而，贝时璋洞察到了物理学和生物学相互交叉和融合的大趋势，由此创立了我国的生物物理学。为汲取国外经验，1956 年贝时璋访苏 3 个月。在此期间，他从不介意小招待所简陋的生活条件，更不在意以便宜的面包、香肠为食。而这次访苏节省下来的款项，贝时璋也在考察的尾声悉数交给中国驻苏联大使馆。工作人员不禁感慨："贝先生严格要求自己，处处为国家着想，实在太不容易了。"

为国家做贡献，为人民谋福利

只要是"国家需要、科学需要"，就要"服从"。自中国科学院成立后，贝时璋先后参与到动物研究所、实验生物研究所、生物物理研究所的筹备和建设工作中。贝时璋虽然常说"从我个人角度看，我还是喜欢做研究工作，而不大喜欢做学术组织工作"，但当党和国家需要时，他还是迅速、认真地投入繁复的组织和规划工作中。贝时璋的学生阎锡蕴写道："在那个没有电脑的年代，他的办公桌上总摆放着两沓纸，一沓是带有单位抬头的信纸，仅用于公文，另一沓私信所用的纸都是自费购买。"公私分明间，是贝时璋赤诚的廉洁之心。

力争"活到老，学到老，干到老"。贝时璋在1983年辞去了中科院生物物理研究所所长职务，但直到92岁之前，他都坚持每天步行去实验室上班。后来即使不再去实验室，他也每个星期三邀请专家、学者到他家里来讨论科学问题。他曾经说："只要你对科研工作有了浓厚的感情，就会在生活中得到快乐和幸福。"在逝世的前一天，贝时璋还与研究人员一起讨论如何在已有的创新课题基础上继续努力工作的问题。他鼓励大家："现在是国富民强的时候，也正是我们知识分子要努力做贡献、为国争光的时候。"

心系国家，淡泊名利。在最后的日子里，即使因为视力衰退只能看清大标题，贝时璋依旧每周坚持阅读《参考消息》等报纸，向周围的人询问国家的形势和经济建设情况。汶川地震发生后，大家不愿让当时年事已高的贝时璋担心，将消息瞒了下来。但当他看到报道后，特地托人给所里打电话，让儿子送去了5000元特殊的党费。在中科院生物物理研究所举办的贝时璋院士诞辰 108 周年（逝世一周年）纪念会上，贝时璋的子女秉承父亲生前的意愿，将贝时璋所有的积蓄加上抚恤金一共 50 万元全部捐赠给中国生物物理学会，作为贝时璋奖、贝时璋青年生物物理学家奖基金。

80 岁的贝时璋仍在从事研究工作

学问要看胜过我的，生活要看不如我的

"食不果腹"的求学之路。贝时璋出生在浙江镇海县一个海边的小镇，家中世代务农、打鱼或是做些小生意。从小，母亲就教导贝时璋"花钱要有计划，要精打细算，不能养成大手大脚、随便花钱的习惯"。也正是因为有母亲的支持，尽管家里收入并不算高，但总是尽力为贝时璋提供最好的教育，贝时璋对此也十分感激。在德国求学期间，虽然父母倾其所能，贝时璋的生活仍很拮据，常常一天只能吃早晚两顿饭，中午别人去吃饭时，他就到公园里走走，吃几块面包，下午又继续去上课。房东老太太体谅贝时璋的处境，每次看到他回到家中，总要问他饭吃过没有，贝时璋却总是告诉她已经吃过了。

现在都赶"洋"，我却爱"土"。贝时璋所居住的住宅楼是 20 世纪 50 年代中国科学院为一批著名科学家特批特建的"特楼"。自从 1955 年搬进来后，贝时璋就再也没有搬过家。家里的地板已经油漆斑驳，厨房和卫生间甚至还是水泥地。有人曾说贝时璋的家，从房子到家具布置到生活用品都不符合他的身份。他说："现在都赶'洋'，我却爱'土'，这些家具跟我几十年了，应该爱惜。"在实验室里，他仍在用那个几十年前的洋铁皮文具盒，随身携带的公文包也打上了补丁。但贝时璋却说："我这个书包本身最不值钱，但里面装的东西应该是最值钱的，都是科学资料，是花钱买不来的。"在生活习惯上，贝时璋与许多老一辈的科学家一样，穿着很随便，冬衣穿了十几年，破损的地方一补再补，不肯换新的，说是穿旧的舒服。这种勤俭节约的习惯他保持了一生。

严于律己，宽厚待人。无论对方地位尊卑或是年纪长幼，贝时璋都只有一种待人之道。对于所有来拜访他的人，贝时璋无一例外地热情接待，即便对方是自己的学生和晚辈，他也坚持让对方坐沙发，自己坐椅子。如果来访的是老人，他还会特别注意风扇不要对着客人吹以免受凉。即便小学生来做采访，贝时璋也会提前认真准备讲稿。自贝时璋百岁之后，王谷岩就担任他的助手。每次王谷岩来讨论工作时，贝时璋都会提前到客厅等待，结束时总要将他送到门口道别。有一年夏天因为天气炎热，担心彼时已年过花甲的王谷岩来回奔波，贝时璋提出隔一周交流一次工作，并主动向所里要求停发自己这个月的工资。王谷岩解释工资要照常发时，贝时璋特别坚定地说："你不要发表意见，把我的话传达给所里就行了。"

回顾贝时璋的一生，他始终与学术为伴，以廉洁为友，热诚而纯粹。贝时璋不爱他人为他立传，不爱谈及个人的成绩和贡献，更与显赫的功名和丰厚的利禄搭不上边，"不要说得太多，那是我们应该做的"。这便是他一生的信仰和价值追求。时至如今，我们经常听到这样一句话——"一个真实的科学家，是忠于科学、热爱科学的。他热爱科学，不是为名为利，而是求知识、爱真理，为国家做贡献，为人民谋福利。"
这是贝时璋一生的坚守，也是他一生的写照。

■ 廉洁信物

贝时璋的书房兼卧室

参考文献

[1]李芸：《贝时璋：用自己的生命研究生命》，《科学时报》，2010年11月11日，第B1版。

[2]王谷岩：《贝时璋：真实科学家的科学人生》，《中国细胞生物学学报》，2019年第41期，第157—172页。

[3]李晨阳：《贝时璋：奏响生命科学交响曲》，《中国科学报》，2019年9月17日，第4版。

[4]阎锡蕴：《得遇良师是人生幸甚之事——怀念贝时璋先生》，《教育家》，2020年第32期。

[5]中国科学技术协会编：《中国科学技术专家传略·理学编·生物学卷》，中国科学技术出版社，2001年。

[6]钱炜：《"他把生命的最后一刻都献给了科学事业！"》，《科技日报》，2009 年 10 月 31 日，第 3 版。

[7]罗雪挥、房一盟：《贝时璋：最后一个中研院院士》，《中国新闻周刊》，2009 年第 43 期。

[8]苗长青：《贝时璋：用一生点亮生命科学之光》，《各界》，2019年第 11 期。

[9]杨达寿：《大师风范 永铭于心——缅怀生物物理学奠基人贝时璋院士》，2022 年 4 月 19 日，http://zuaa2011.zju.edu.cn/publication/article?id=6514.

[10]凤凰网专稿：《贝时璋：开创细胞重建论的中国科学家》，2010 年 8 月 9 日，https://phtv.ifeng.com/program/wdzgx/detail_2010_08/09/1911509_2.shtml.

[11]《贝时璋院士：用生命研究生命》，《中国科技信息》，2013 年第 2 期。

浙江大学生命科学学院供稿

肖佳恬、徐鹏滔、杨浦开元、施涵执笔

费 巩

指陈利害 明切事情

■ 人物名片

费巩（1905—1945），字寒铁，后字香曾，原名福熊，江苏吴江（今江苏苏州）人。1927年毕业于复旦大学社会科学科；次年秋，赴法国留学；一年后考入英国牛津大学政治和经济学学科。1931年于牛津大学毕业后回国，先入上海中国公学任教，次年转入复旦大学工作。1933年夏起，任教于浙江大学12年，曾任注册课主任，讲授政治经济学及西洋史等公共课程；1940年8—12月，任训导长。1945年3月5日，于重庆北碚复旦大学讲学途中失联，引发国共双方及社会各界高度关注。1978年9月，上海市人民政府正式追认费巩为革命烈士。

■ 廉洁箴言

"所贵乎读书者，要在能出处不苟，进退以义，有抱负、有器识、有风骨，则先哲之教，实堪遵式……君子之仕，公忠而已矣。为万民，为国家，不为一姓，更不为一己，为行道，为利济，不为名位货利，此其公也。"①

◪ 廉洁故事

费巩一生忧国忧民，品格高洁。在浙大任教期间，费巩秉持克己奉公、以民为本的理念，热心校务，敢言直谏，乐于奉献，为学生请命。正如贝时璋悼念费巩烈士时所言："如塘之荷，洁白超逸，污泥不染，芳香四溢。黔中浙滨，教育诸生，诲人不倦，鞠瘁乃身。有松有柏，秉性忠烈，救亡图存，宣传马列。生得伟大，死得光荣，追求真理，浩气长存。"

香公奏议

国难之际，浙大西迁。由于长期处于颠沛流离的状态，学校面临许多问题，如办学条件恶劣，学生体质下降，教学秩序松懈，行政效率低下等。1939年6月，费巩致函竺可桢校长，"痛陈校事应兴应革之点，列举五端：一为健康之应注重，二为功课宜略减轻，三为贷金应宽大，四为行政应改进，五为会议宜自由讨论，勿专寻章摘句"。费巩以儒家士君子自期，以"官"与"民"比拟校方与学生，当学校无所作为致使学生学习、生活状况日渐不佳时，自己挺身而出做"民仆"，救"民"于水火之中，是理所应当的。费巩此函后来被同事们称为"香公奏议"，并获得竺可桢校长"指陈利害如贾谊，明切事情似陆贽"的高度评价，以此为革新校务的重要参考。费巩体察校情，积极推进学校行政、教学事务。有学人称费巩热情直奏，竺可桢校长真心纳谏，"香公竺公，一奏一纳"，堪称古今办学的佳话。时人称赞费巩为有心人与有为之士，颇有政治家的风度。

---

① 浙江大学校史编辑室编：《费巩烈士纪念文集》，杭州出版社，1980年，第60、68页。

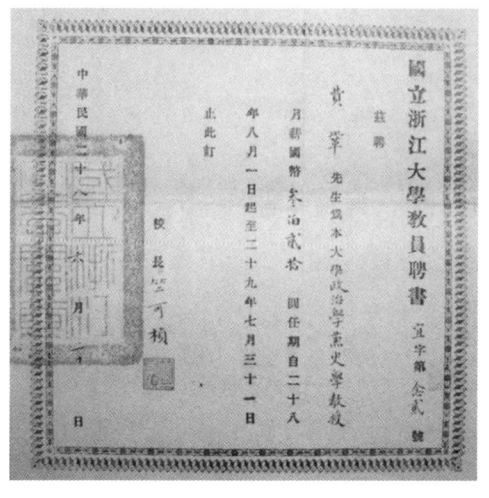

1939 年，国立浙江大学颁发给费巩的教员聘书

为学生请命

费巩出身名门，身为大学教授，却毅然放弃原先"在上海享福惯的公子哥儿"的优越生活条件，在浙大西迁时期的艰难困苦中"为学生设想，身仁以济民"。1940 年 8 月，费巩出任浙大训导长一职。在就职演说中，费巩申明为学生做事的决心，讲明把训导长的薪俸"用在学生物质生活的改良上面"。他宣布上任后，在精神生活上，切实推行导师制，以儒家伦理道德为依归，培养德才兼备的人才；在物质生活上，切实为学生解忧，包括衣、食、住、行、用、请医生、除臭虫等方面。费巩认为所谓训导，"导"应先于"训"，而非国民党当局所提倡的以"训"为主的指导思想，"我要以德服人，不以力服人，用感化，不用压力"，"吾是个自由主义者，不统制干涉，但并非放任不管，想给你们的是领导，而不是压迫"，"吾愿意做你们的顾问、做你们的保姆，以全体同学们的幸福为己任"。竺可桢校长在就职典礼上对费巩寄予厚望："费先生一向于训育问题富有兴趣，且留英多年，身受导师制之训练，于导师制之研究更为深切，是为最适当之人选。希望费先生今

后能将导师制在本校彻底推行。费先生此次以教授资格出任训导长，仍支教授原薪，并不愿减少授课钟点，热忱殊堪钦佩。惟本人希望费先生授课钟点能减少至最低限度，始有充分之时间为本校训育方面树立一基础也。"

关于发放战时相对有限的助学贷金，费巩为条件困难的学生考虑，主张推行工读。虽与校方意见多有分歧，但他总是竭力争取，"每月贷金审查之时，固费精力，开会核议，尤费唇舌"，"贷金事虽麻烦，但士君子读书做官，原是为民，岂容厌坐视，决尽我心力，乘在职之短时期内尽力加以拯救"；面对一部分"并不清苦而混得贷金者"以及"领得外界秘密津贴而仍取得贷金者"，他又义正词严，严加惩处，"办公家事，一毫私心不得"。

学生之慈母

担任公职期间，费巩身心俱疲，但一想到这是为学生和学校服务，他表示无怨无悔，"虽然物质及健康之损失，巩无所怨，得追随先生稍有献替，广结善缘，上以分长者贤劳，下以答学子仰望，对浙大稍尽义务"。费巩曾在日记中记下训导长工作的繁忙："办公仍忙碌，无片刻暇。为安插床铺，且亲至寝室……始得安排妥帖。自思以一教授及贵胄身份，乃终日营营扰扰于此类卑琐之事，抑亦太辱没。然念学生增多，桌凳又将缺乏，书籍、衣箱亦无处放，则又不忍见其生活之局促，而仍愿从容以谋改革。"费巩努力履行对学生的承诺。他对学生关怀备至，小至安排寝室铺位，大至制定人生规划，不辞辛劳，事事躬亲。为了改善学生的照明条件，他自行设计，利用香烟罐制成一种光头大、油烟少的简易植物油灯，由洋铁铺依样打造800多盏，分发给学生使用，学生名之为"费巩灯"。

费巩在短暂的训导长任期内，廉洁为公，无私奉献，充分展现了他的为政素养和人格魅力，受到学生由衷的尊敬和爱戴，校学生自治会主办的《生活壁报》更是称他为"学生之慈母"。

■ 廉洁信物

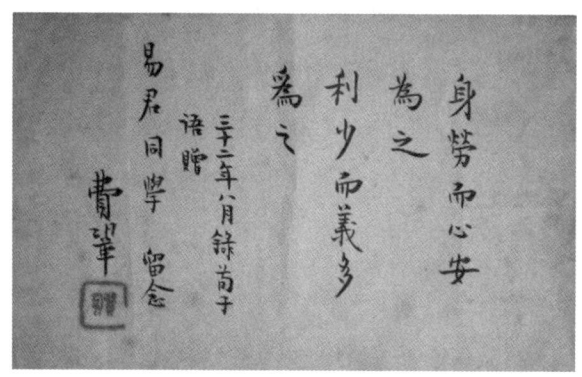

费巩寄语

参考文献

[1]浙江大学校史编辑室编：《费巩烈士纪念文集》，杭州出版社，1980年。

[2]正棠、玉如著：《费巩传：一个爱国民主教授的生与死》，生活·读书·新知三联书店，1981年。

[3]《费巩文集》编委会编：《费巩文集》，浙江大学出版社，2005年。

[4]何方昱著：《训导与抗衡：党派、学人与浙江大学（1936—1949）》，上海书店出版社，2017年。

浙江大学历史学院供稿
张凯、鲍炜纲执笔

李浩培

明法致公　高山景行

■ 人物名片

李浩培（1906—1997），上海人。中国共产党党员。著名国际法学家，国际私法、国际公法学界泰斗。1946年9月受竺可桢校长邀请，出任浙江大学法学院首任院长。曾当选瑞士国际法研究院院士、联合国前南斯拉夫特设国际刑事法庭法官，被提名为国际常设仲裁法院的仲裁员。曾任政务院法制委员会和国务院法制局的专门委员、外交部法律顾问、中国法学会理事、中国国际法学会理事等职。

■ 廉洁箴言

"对学生思想陶冶方面，教导他们养成良好的风气，勿为名利而钻营舞弊，并加强法治，法律应对一切人平等执行，才能维持秩序，而致国家富强。"①

---

① 李浩培著：《李浩培文集》，法律出版社，2006年，第662页。

▇ 廉洁故事

李浩培一生致力于我国法学建设，治学严谨，公正无私，他不仅对自己如此要求，也将其贯彻到法学院的学科体系建设与法学生的人才培养中。在李浩培的悉心建设下，浙大法学院在短时间内声名鹊起，享誉海内；为师从教率先垂范，求真务实，正直清白，为浙大法学文脉多年流传奠定基础，并培养出一批以"人民教育家"高铭暄教授为代表的学术精深、担当大任、为中国法治建设做出卓越贡献的法律人才。

身先士卒，孜孜以求传文脉

1946 年，受竺可桢校长邀请，当时在学界已然享有盛誉的李浩培来到浙江大学，出任法学院首任院长。在法学院创办之初，李浩培曾拟定多条办学方针，如"先设法律系和司法组，然后逐步增设经济和政治两系"，"在各课教授中，注重比较研究，以期博采各国法制之长，建立中国法学"。凡此种种，皆是为建设清正廉洁的法学院而努力。

在担任院长期间，李浩培对师资要求格外严格，教师经审查合格聘任后，如在一年聘任期内成绩不好，就不徇情面，不予续聘。1947 年 6 月 24 日的《竺可桢日记》中便记载了法学院两位教授因教课不受学生欢迎而被解聘之事："李浩培来，知法律陈令仪、经济徐崇钦二人教法不佳，下年不拟续聘。"在师资队伍建设方面，李浩培广揽英才，注重教学方式与教学效果。他通过延请海内外的法学大师，逐步完善了浙江大学法学学科教学体系，从比较宪法到行政法，从刑法到刑事诉讼法，开课教师都是在该领域享有极高声誉的大家。刑法课一度请不到合适的教授，李浩培便亲自授课。他率领全院师生齐心协力，同舟共济，开启了法学院辉煌又不无曲折的发展历程。

廉洁、公正，本就是法治的原则之一。李浩培对整个中国的法治建设与法律人才培养体系，也倾注了诸多心血。他对法律的标准和立法要

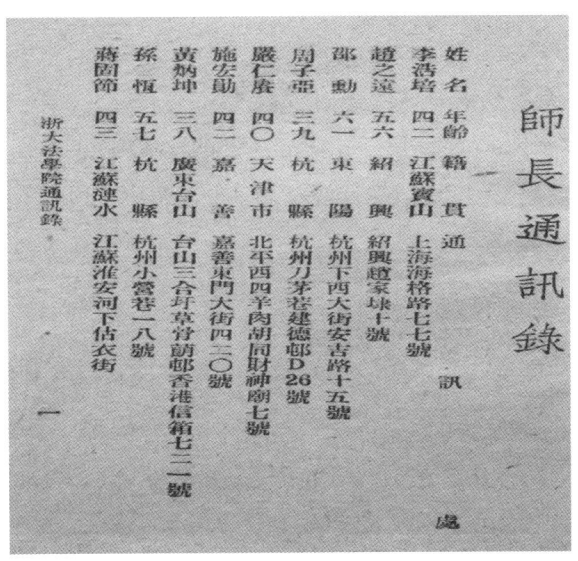

1949 年，浙江大学法学院师长通讯录

求进行研究，指出"一个妥善的法律"，应当"明确""详细""能有效地达到目的"。在法律人才的培养上，他立足于当时法律专业人才缺乏的社会现实，提出应开办大规模的法律函授大学，以拓展中国法治人才储备，形成良好畅通的人才培养体系。对于法律的执行，李浩培提出小学、初中、高中、大学皆应设置对应的法律课程，社会普法需进一步加强。对于违法者，他认为应予以惩戒，在全社会范围内形成守法之风。他的研究，不仅是为了法学教育的发展，更是为了全国法治的推广和全民的落实。

春风化雨，德馨永育桃李芳

"在对学生思想陶冶方面，教导他们养成良好的风气，勿为名利而钻营舞弊，并加强法治，法律应对一切人平等执行，才能维持秩序，而致国家富强。"面对求知若渴的学生们，李浩培既是严师，也是益友。他为学生讲授《罗马法》《国际私法》《刑法》等课程，厚积薄发，娓娓道来，使原本枯燥乏味的课堂变得引人入胜，受到了学生们的极大欢迎。

除了悉心教学，李浩培更注重对学生思想情操的陶冶。在学生们的印象中，李浩培非常勤奋，"法学院有一个300多平方米的阅览室，我们几乎天天看到李院长一早就来到这里，看书、备课、写文章，一坐就是半天。他勤奋的背影是一种无言的'身教'，大家印象非常深刻。"学生孙耀鑫回忆道。高铭暄教授回忆起师从李浩培在浙求学的故事时，曾讲道："李浩培是我的恩师，对我一生影响很大，我学刑法也受到李浩培先生的影响。当时浙大法学院成立比较晚，没有请到刑法学教授，李先生就亲自给我上课。"在第一节课上，李浩培就告诫学生们作为法律人才，应有职业道德与操守；既为浙大学子，就应发扬求是创新之精神，无论是治学还是踏上工作岗位，都要做正直之人，维护公理、伸张正义，廉洁奉公、刚正不阿。他这样教导学生，也如此实践，将言传身教贯彻到求学做人的方方面面。

1949 年，浙江大学法学院法律学系第一届毕业生全体合影
（前排左九为李浩培）

李浩培对学生学习纪律严格要求，这也带动了整个法学院清正廉洁的风气。1947 年 3 月 25 日，李浩培在监考时发现两名学生作弊，取得

作弊证据后报告教务处，要求严肃处理。公正严明，不仅仅是李浩培对学生们未来将从事法律行业、成为法律人才的要求，更是对学生们能够"成人"的要求。首任院长的严明之风，成为世代流传的浙大法学文脉。

凌云之志，两袖清风著文章

李浩培曾于日记本上写道："此身命定守蓬蒿，何必道穷且自豪。生死书丛未见贱，浮游宦海不为高。"他的一生，是学者的一生，是永远追求高峰的一生，他称自己为学者，而非政客。李浩培是第二批由李宗仁代总统任命的大法官："民国三十八年（1949年）三月二十六日代总统李宗仁先生第二次提名翁敬棠、向哲濬、梅汝璈和李浩培等八人为大法官，经监察院同月二十八日第四十八次院会同意。"被提名大法官的那八人中，李浩培和梅汝璈都未上任。别人见报问起此事，李浩培只说，"我不认识李宗仁。我没有获得过这个职务，也拒不就任"。他的志向在于做学问和教书育人，而不在追名逐利。

李浩培虽为国际知名的法学大家，却一生生活简朴，家中没有什么像样的家具，草稿往往打在用过的纸的背面，但他在书和资料上毫不吝惜。"贫贱爱劳，淬身之砥砺"，正是抱着一心钻研、严谨踏实的治学态度，在朴素平淡的生活中，李浩培留下了《国际私法总论》《国籍问题的比较研究》《条约法概论》等著作，为中国国际法的研究与发展奠定了深厚的基础，并出任国际法庭法官和国际常设仲裁庭仲裁员，为中国法治发展和国际法治发展做出了重要贡献。

■ 廉洁信物

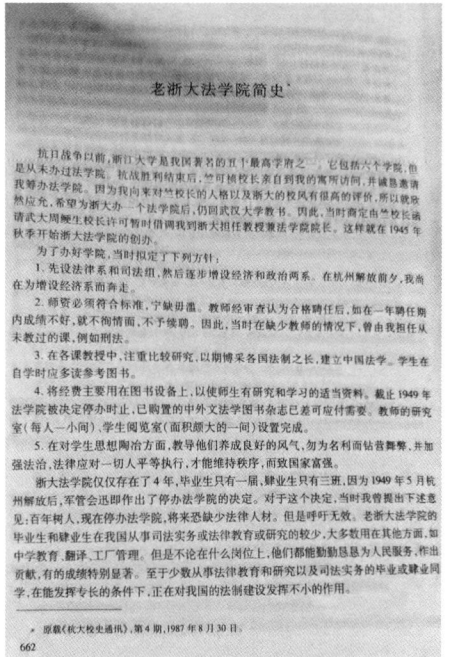

老浙大法学院简史

抗日战争以前，浙江大学是我国著名的五十最高学府之一，它包括有六个学院，但是从未办过法学院。抗战胜利结束后，竺可桢校长亲自向我的寓所访问，并诚恳邀请我等办法学院。因为我向来对竺校长的人格以及浙大的校风有很高的评价，所以就欣然应允，希望为浙大办一个法学院后，仍回武大教书。因此，当时商定由竺校长借请武大周鲠生校长许可暂时借调我到浙大担任教授兼法学院院长。这样就在1945年秋季开始浙大法学院的创办。

为了办好学院，当时拟定了下列方针：

1. 先设法律系和司法组，然后逐步增设经济和政治两系。在杭州解放前夕，我尚在为增设经济系而奔走。

2. 师资必须符合标准，宁缺毋滥，教师经审查认为合格聘任后，如在一年聘任期内成绩不好，就不徇情面，不予续聘。因此，当时在缺少教师的情况下，曾由我担任从未教过的课，例如刑法。

3. 在各课教授中，注重比较研究，以期博采各国法制之长，建立中国法学。学生在自学时应多读参考图书。

4. 将经费主要用在图书设备上，以使师生有研究和学习的适当资料。截止1949年法学院被决定停办时止，已购置的中外文法学图书杂志已差可应付需要。教师的研究室（每人一小间）、学生阅览室（面积颇大的一间）设置完成。

5. 在对学生思想陶冶方面，教导他们养成良好的风气，勿为名利而钻营舞弊，并加强法治，法律应对一切人平等执行，才能维持秩序，而致国家富强。

浙大法学院仅仅存在了4年，毕业生只有一届，肄业生只有三班，因为1949年5月杭州解放后，军管会迅即作出了停办法学院的决定。对于这个决定，当时我曾提出下述意见，百年树人，现在停办法学院，将来恐缺少法律人材。但是呼吁无效。老浙大法学院的毕业生和肄业生在我国从事司法实务或法律教育或研究的较少，大多数用在其他方面，如中学教育、翻译、工厂管理。但是不论在什么岗位上，他们都勤勤恳恳为人民服务，作出贡献，有的成绩特别显著。至于少数从事法律教育和研究以及司法实务的毕业或肄业同学，在能发挥专长的条件下，正在对我国的法制建设发挥不小的作用。

※ 原载《杭大校史通讯》第4期，1987年8月30日。

662

1987年，《老浙大法学院简史》（节选）

《老浙大法学院简史》中，记载了李浩培出任浙江大学法学院院长时制定的加强学生廉洁教育的办学方针："在对学生思想陶冶方面，教导他们养成良好的风气，勿为名利而钻营舞弊，并加强法治，法律应对一切人平等执行，才能维持秩序，而致国家富强。"

参考文献

[1]竺可桢著：《竺可桢日记》，人民出版社，1984年。

[2]钱永红编：《求是忆念录——浙江大学百廿校庆老校友文选》，浙江大学出版社，2017年。

[3]李浩培著：《李浩培法学文集》，法律出版社，2006年。

[4] 杭州大学校史编写组编:《杭大校史通讯》,1986—1988 年。

[5] 孙康:《浙江大学法学院民国办学史片记》,《浙大法律评论》,2018 年。

浙江大学光华法学院供稿

郭宇佳执笔

王淦昌、程开甲

一心为国、两袖清风的传承

■ 人物名片

王淦昌（1907—1998），江苏常熟人。中国共产党党员。核物理学家，中国科学院学部委员（院士）。1929 年毕业于清华大学物理系，1933 年获德国柏林大学博士学位。1936—1950 年在浙江大学任教，曾任浙江大学物理系主任、教授。曾任中国科学院近代物理研究所副所长、苏联杜布纳联合原子核研究所副所长、中国工程物理研究院副院长、中国原子能科学研究院院长、第二机械工业部副部长、九三学社中央名誉主席等职。在中国第一颗原子弹和第一颗氢弹研究试制中做出了突出贡献。1999 年被国家授予"两弹一星"功勋奖章。

程开甲（1918—2018），江苏吴江（今江苏苏州）人。中国共产党党员。著名理论物理学家，中国科学院学部委员（院士）。1941 年毕业于浙江大学物理系，后留校任教至 1946 年。1948 年获英国爱丁堡大学哲学博士学位。曾任浙江大学、南京大学教授，第二机械工业部核武器研究所副所长，国防科工委（总装备部）核试验基地研究所副所长、所长及基地副司令员，国防科工委科技委常委、顾问。中国核武器研究的开创者之一，在核武器的研制和试验中做出突出贡献。开创、规划、领导了抗辐射加固技术新领域研究。中国定向能高功率微波研究新领域的开创者之一。1985年获国家科技进步奖特等奖。1999年被国家授予"两弹一星"功勋奖章。

■ 廉洁箴言

王淦昌对学生培养投入了极大精力，不仅亲自给物理系的学生授课，还应邀给化学系等其他院系的学生开设物理化学课，十分关心学生的思想和行动。此外，他常把工资捐给国家、接济学生，"教育我们，'抗日期间，需要节约，要搞团结'"。[①]

程开甲生前说过："常有人问我对自身价值和人生追求的看法，我说，我的目标是一切为了祖国的需要。'人生的价值在于奉献'是我的信念，正因为这样的信念，我才能将全部精力用于我从事的科研事业上。"[②]

■ 廉洁故事

王淦昌和程开甲两位先生既有师生之谊，也是志同道合的同事和朋

---

① 胡济民、许良英、汪蓉、范岱年编：《王淦昌和他的科学贡献》，科学出版社，1987年，第62页。
② 章文：《一生为国铸盾　映照百年风云——追记第七届全国道德模范、"两弹一星"元勋程开甲》，《光明日报》，2021年10月18日，第3版。

友，都曾隐姓埋名数十载为国铸核盾。在谈起与王淦昌的相处时，程开甲曾写道："通过与王先生一起工作，我感受到对科学不仅要有严肃谨慎、一丝不苟的精神，而且还要有超脱开阔的胸怀，对于尚未能有根据来排斥的观点，应该有一点包容的精神。"他们还有一个共同点，即不论作为科技界领导，还是享誉世界的战略科学家，他们身上都闪耀着高洁的品格、无私的精神。

胸怀祖国。王淦昌在学生时代早早立下了科学报国之志。1926年3月12日，冯玉祥领导的国民军在大沽口击退了企图侵入海河的日本军舰。16日，日本联合英、美等八国援引《辛丑条约》，向段祺瑞政府发出要求撤除大沽口防务的最后通牒，激起了北京爱国群众的愤慨。18日，游行队伍请愿至政府门前，遭段祺瑞卫队屠杀，死47人，伤199人。王淦昌参加了游行活动，他的同学牺牲了。当晚，王淦昌身上带着血迹到了老师叶企孙家。叶企孙激动地盯着他，严厉地问道："谁叫你们去的？你们明白自己的使命吗？一个国家，一个民族，为什么会挨打？为什么落后？你们明白吗？如果我们的国家有大唐帝国那般的强盛，在这个世界上谁敢欺辱我们？一个国家与一个人一样，弱肉强食是亘古不变的法则。要想我们的国家不遭受外国人的凌辱，就只有靠科学！科学，只有科学，才能拯救我们的民族！"看着泪流满面的老师，王淦昌感到很内疚，从那一天起，爱国和科学紧密相关，从此成为他生命中最重要的东西，决定了他后来一生的道路。

1961年4月1日，刘杰与钱三强向王淦昌传达了中央的重要决定，希望他参加中国的核武器研究，并要他放弃自己的研究方向，改做他不熟悉但是国家迫切需要的应用研究，最后问他是否愿意改名。王淦昌当即写下了"王京"两个字，并掷地有声地说："我愿以身许国！"从此以后，王淦昌毅然放弃了自己得心应手的物理学基础研究工作，全心全意投入一个全新的领域，秘密研制核武器，开始负责物理实验方面的工作。他化名"王京"，背井离乡、隐姓埋名、断绝一切与海外的关系，投入核武器的研制工作当中，在中国科学界整整"失踪"了17年，到再出现时已是满头白发。

被誉为中国"核司令"的程开甲，1937年入学浙江大学，入学后便随学校西迁，受教于束星北、王淦昌、陈建功、苏步青等学界

王淦昌化名王京时用的讲稿

大家。1946年，程开甲前往英国爱丁堡大学留学，只用了两年的时间就获得了博士学位。次年4月，程开甲看到了"人民解放军炮击紫石英号，紫石英号升白旗"的新闻，内心激动不已，毅然决然放弃了英国皇家研究所的职位和优渥的待遇，还有国内不能给予的很好的研究和生活条件，决定回到祖国。他将自己的毕生所学全部奉献给国家，隐姓埋名20余年，无怨无悔为国铸核盾。

无私奉献。抗战期间，王淦昌与物理系同事一起上街挨家挨户宣传抗日救国，动员捐献废铜铁，积极组织为抗战捐款捐物。浙大西迁办学，王淦昌将家中所有积蓄还有夫人结婚时的嫁妆悉数捐给国家。他还经常将自己的工资补贴师生，甚至在家中揭不开锅时，和夫人在山上边放羊边教书，以羊奶养育子女，补贴家用，因而有"羊倌教授"之称。虽然当时工作、生活条件如此艰苦，王淦昌却完成了《关于探测中微子的建议》等重要科研成果，从理论上提出了证明中微子存在的实验方法，发表在美国《物理学评论》1942年1月刊上，并被评为1942年度

最佳论文。1946 年春，在浙大教书的他，回到家乡支塘镇，变卖祖上田产创办小学，并动员农家子女前去读书。由于对国家、对科学事业的巨大贡献，他获得过许多奖金，但他都悉数捐赠出来，特别是他晚年将国家奖励他的国家自然科学奖一等奖的奖金全部捐给子弟中学，支持人才培养。优良家风代代相传，在王淦昌先生诞辰 106 周年之际，他的子女们将"两弹一星"功勋奖章无偿捐赠给浙江大学永久保存。

和王淦昌一样，程开甲也始终心系祖国，默默献身于科学事业。作为核试验基地最高级的专家和技术负责人，程开甲克服种种困难，不仅领导我国首次原子弹试验，而且领导我国在首次氢弹、首次导弹核武器、首次平洞、首次竖井等首次核试验相关的几十次试验中都获得了圆满成功。基地第一任司令员张蕴钰将军回忆说："程开甲是纯粹的科学家，真正的科学家，只是一心一意搞他的科学技术。"程先生的学生，中科院院士吕敏说，程先生对工作非常细致认真，对重点的课题和工作总是亲自检查，对各研究室的建设和初期核试验的准备工作管理得细致而严格。

程开甲（左二）与科研人员探讨技术问题

清风峻节。1963 年 3 月，核武器研制基地搬迁至青海海晏县金银滩，代号"二二一厂"。当地平均海拔 3200 米以上，年平均气温在零摄氏度以下，风沙大，高寒缺氧，霜冻期长。王淦昌作为最年长的科学家，和大家一样，经受头晕、目眩、心悸、不思饮食的高原反应，常常一顿饭一个馒头，一杯清茶，始终全身心投入"冷试验"的工作。唐孝威院士提到："他对生活上的这些艰苦，似乎全然不知，从未听见他有什么怨言，只见他精神抖擞，谈笑风生。"

不论是作为闻名中外的科学家，还是二机部的领导，王淦昌始终淡泊名利，保持着艰苦朴素的生活。他住在公寓房里，家具都是旧的，水池是自己用水泥砌起来的，连床单也是补过的。凡到过他家里的人，都觉得无论是住房还是家具陈设，都实在太简朴了，与他的身份极不相称。当别人问起为何如此，他总是笑着说："身外之物，何必多虑！"

1950 年 8 月，启程回国的程开甲收拾好厚重的行囊，他的行李箱里除了给妻子买的一件大衣外，其余全是与物理学有关的书籍和他在英国学习时得到的研究资料——这都是祖国需要的东西。程开甲作为副司令员，在负责基地核试验的十几年中，与广大科研人员、工作人员同吃同住，没有丝毫特殊待遇。他的助手回忆，他经常工作到深夜三四点，废寝忘食。有一次助手做了一小碗白水面条，热了又热，次日天亮发现程开甲刚刚休息，面条也没有吃。

程开甲一生获奖无数，但是他对这些崇高荣誉有自己的诠释："我只是代表，功劳是大家的。"百岁生日时，回望自己的人生，他说："我这辈子最大的幸福，就是自己所做的一切，都和祖国紧紧地联系在一起。"

■ 廉洁信物

王淦昌家属捐赠给浙江大学
的"两弹一星"功勋奖章

程开甲和他的小黑板

参考文献

[1] 胡济民、许良英、汪蓉、范岱年编：《王淦昌和他的科学贡献》，科学出版社，1987年。

[2] 章文：《一生为国铸盾 映照百年风云——追记第七届全国道德模范、"两弹一星"元勋程开甲》，《光明日报》，2021年10月18日，第3版。

[3] 程开甲口述，熊杏林、程漱玉、王莹莹访问整理：《创新·拼搏·奉献——程开甲口述自传》，湖南教育出版社，2016年。

[4] 王玉芝、罗卫东主编：《图说浙大——浙江大学校史通识读本》，浙江大学出版社，2010年。

注：本文部分内容参考了江苏省常熟市档案馆、浙江大学物理学院王淦昌事迹陈列室展陈内容，专此鸣谢。

浙江大学物理学院供稿
邹安川执笔

王季午

严谨求实、清廉俭朴的浙大医学奠基者

■ 人物名片

王季午（1908—2005），江苏苏州人。中国共产党党员。著名内科学、传染病学家和医学教育家。1934年毕业于北京协和医学院，获医学博士学位。1940—1941年赴美国杜兰大学、哈佛大学进修热带病学。长期从事传染病、寄生虫病学研究。曾任贵阳医学院教授，浙江大学医学院教授、首任院长，浙江医科大学校长。1949年起，历任卫生部医学科学委员会委员、中华医学会内科学会副主任委员、中华医学会传染病与寄生虫病学会主任委员、中华医学会浙江分会会长。

■ 廉洁箴言

"在一切工作中，必须认真负责，严谨踏实，锲而不舍，一丝不苟，以高标准、严要求为条件，不论为'相'为'医'，才能有所成就，不负所望。"①

---

① 王季午：《不为良相为良医》，《浙江医学》，1991年第5期，第1—2页。

◼ 廉洁故事

王季午为我国的医学教育事业和传染病防治研究奋斗了 70 余个春秋，培养了一代又一代医界人才。他始终淡泊名利、宠辱不惊，以严谨治学的态度、实事求是的科研精神和高尚的医德影响了浙大医学人，推动形成了严谨求实、刻苦钻研、清廉简朴的优良作风。

严谨治学　辛勤耕耘

抗战胜利后，王季午接受竺可桢校长的邀请，被聘为浙江大学医学院院长兼附属医院院长。是年，王季午 38 岁，是浙大各学院中最年轻的院长。一个医学院要筹建起来，并非易事。他奔波于上海、南京，各处申请教学、医疗、科研仪器设备，全心扑在筹建工作上。

浙江大学医学院附属医院建院初期的王季午

王季午极为注重师资力量的培养，从全国各地聘任了一批知名教授担任教师，如解剖学王仲侨教授、生理学李茂之教授、放射学张发初教授、内科学郁知非教授等。他强调对学生的宽口径基础培养，允许学生跨系选课，专业教育注重临床技能和临床研究能力的培养。新中国成立后，王季午继续担任医学院领导职务，在教学、医疗、科研等工作中几十年如一日，兢兢业业、严肃认真、一丝不苟，为培养祖国的医学人才倾尽心血。在他的带领下，医学院短短几年内便形成了鲜明的办学特色，培养的学生以思路宽广、基础扎实、学风严谨而著称。

20 世纪 80 年代给学生讲学的王季午

乐天知命　宠辱不惊

最令人钦佩的是王季午乐天知命、荣辱不惊的生活态度。经历了"文化大革命"的冲击后，他仍然坚持参加教学、医疗、科研工作。

王季午说："生命不息，战斗不止，我就要同危害人类的传染病斗争到底！"他从不中断科研工作，始终将个人追求融入国家事业和社会发展之中。朝鲜战争时期，他不辞辛劳，花费大半年在国内开展较大规模的调查研究，通过大量临床和治疗研究，制定了一套氯喹和吐根碱合并疗法，在全国和朝鲜推广应用，为抗美援朝事业做出了自己的贡献。1956 年他被推选为全国先进工作者。1983 年以后，王季午教授和何南祥教授、马亦林教授等指导博士研究生，首次证实了乙型肝炎病毒宫内感染的存在；还进行了流行性出血热病毒实验感染猕猴的研究并获得成功，达到国内领先水平。

一个人心中充满了对生活和事业的热爱，再大的困难也打不垮他，无论是处于逆境还是顺境，都能保持一颗平静、平和的心，坦然地过好每一天。

清廉俭朴　淡泊名利

王季午的生活始终清廉俭朴。就当时的家庭经济情况而言，一家五口仅靠他一人的收入维持，是很困难的。尽管是在这样的情况下，他也坚决不同意他人让其妻子在自己创办的医院中任职的提议，哪怕妻子曾在协和医院护理部工作，从经历和年资条件来讲完全符合要求。他一心以医院建设为重，做出了一般人不能做到的"拒绝"，牺牲了小我，也杜绝了当时纷至沓来的裙带关系，抵制住了不正之风。

平日里，王季午过惯了俭朴的生活，家里的家具基本上都是从苏州老家带到杭州来的，用了几十年，虽然简单，但收拾得整整齐齐、干干净净。能利用的材料绝不随便浪费，平时信件比较多，他就把旧的信封拆开翻个面，重新用胶水粘好，进行二次利用。校友赵易曾回忆说："他（王季午）生活朴素无华。我数度拜访，他家中除了书籍、桌椅外别无长物，高风亮节、两袖清风。"

王季午的妻子张简青一直都是家庭妇女，没有退休金也没有公费医疗，但是她和丈夫一样不看重钱财。1984 年，王季午从医从教 50 周年之际，在妻子的支持下，他将多年积攒的 2 万元拿出来，捐献给学校作为"王季午奖学金"，奖励给优秀教师，后又捐献 1000 元给省人民教育基金会。几年后，他又以妻子的名义捐献了 1 万元，作为"张简青后勤奖"，以奖励优秀的后勤人员，也表达了对妻子多年默默支持和付出的感激之情。

王季午和妻子张简青

　　王季午一生淡泊名利，对身后之事更是看得很淡。妻子去世后，在他的认可下，子女们参加了民政局组织的骨灰撒江仪式，隆重而庄严。2005年王季午去世后，子女们也让他和妻子一样融入江河、回归大自然。

　　王季午为我国的医学教育事业和传染病防治研究奋斗了70余个春秋。一代又一代的医界人才在他的培育下勇攀医学高峰，他们不仅活跃在医疗、教学、科研第一线，而且传承着他秉持的清廉求实、团结合作、刻苦钻研的优良传统。他的几代学生而今已成为医学界的著名学者、专家或业务骨干。他初创的浙江大学医学院附属第一医院经过不断开拓进取、与时俱进，目前已发展成为全国名列前茅的三级甲等综合医院，是全国公立医院高质量发展试点单位，他创办的传染病研究所已获批国家传染病医学中心（浙江）。他的精神将继续影响一代又一代的医学后辈，激励和勉励一代又一代的医学人。

■ 廉洁信物

王季午的日常生活用具

参考文献

[1]王季午:《不为良相为良医》,《浙江医学》,1991年第5期。

[2]刘克洲、陈智:《缅怀一代医学宗师王季午教授》,《国外医学·流行病学传染病学分册》,2005年第3期。

[3]王开征:《一代医学宗师王季午》,载《苏州近现代人物(第三辑)》,古吴轩出版社,2010年。

[4]郭志平:《一代良医——访世纪老人、我国著名传染病学专家王季午教授》,《科协论坛》,2000年第2期。

[5]马逢顺:《悼念王季午老师》,《贵医浙江校友通讯》,2005年第33期。

[6]赵易:《沉痛悼念王季午老师》,《贵医浙江校友通讯》,2005年第33期。

浙江大学医学院附属第一医院供稿

陈晓明执笔

刘天香

国色天香赤子心　平生广披慈母爱

■ 人物名片

刘天香（1910—2009），天津人。中国共产党党员，中国民主促进会会员。教授，主任医师，浙江大学医学院附属妇产科医院（浙江省妇女医院、浙江省妇女保健院）创始人，浙江省妇产科学奠基人，中国现代妇产科学开拓者之一。曾任浙江省人大常委会委员、省妇联副主任、省科协副主任、民进中央委员及省副主委等。获全国三八红旗手、杭州市级劳动模范等荣誉。

■ 廉洁箴言

"院长不是一个官，只是一种承担和责任。""只要能学到理论和技术，能给妇女姐妹更多的帮助，职位和工资高低都无关紧要。"①

"看病是一个医生职责所在，不该额外拿病人的东西。"②

---

① 浙江大学医学院附属妇产科医院、浙江省妇女保健院编：《蕙育春秋》，中国美术学院出版社，2011年，第154页。
② 姚璐艳、孙美燕：《刘天香，平生广披慈母爱》，《浙江老年报》，2009年7月24日，第3版。

■ 廉洁故事

刘天香一生淡泊名利，克己奉公，关怀病人，悲悯弱者。作为医生，她毕生追求医术精进，为千万妇女同胞解除痛苦；作为师者，她始终注重言传身教，为新中国培育妇产科高级人才；作为院长，她率先垂范，开拓了妇女保健事业发展大局。即便身居高位，她也一直战斗在一线，用她自己的话说便是"一辈子的值班医生"。

情系家国，立志高远胜须眉

1910 年，刘天香出生在天津。父亲是铁路职员，上过外语学校，留过洋，接受过各种新观念，思想开明，准许女孩子上学读书，这在当时非常少见。这使得刘天香有了到正规学校念书的机会。她没有辜负父亲的期望，立志好好读书，与男儿一争高低。1932 年，她以优异的成绩考入山东齐鲁大学医学院（山东大学医学院的前身）医疗系。在大学7 年学习中，她的成绩始终名列前茅。1939 年毕业时，她总分第 2，拿到奖金 200 银圆，并获得了加拿大多伦多医学院授予的医学博士学位。200 个银圆，在当时相当于一个家庭两年的开支。

1933 年，求学期间的刘天香（左二）

　　刘天香从小目睹旧社会妇女地位的低贱，也看到妇女因疾病和分娩所遭受的巨大痛苦，她下定决心要做一名妇产科医生，为千千万万妇女姐妹们解除痛苦。她尊重生命，处处以病人为先。刚毕业的刘天香就遭遇了惨绝人寰的"重庆大轰炸"，又恰逢霍乱流行，当时尸骸遍野。她被派去重庆郊区山洞卫生所担任医师，常常天上是日本飞机，她和同伴在山洞里甚至猪圈旁为产妇接生。即使耳畔炸弹声此起彼伏、震耳欲聋，她也总是竭尽全力，从未放弃过任何一个产妇和新生命。

　　为了能尽快成为一名技术全面、独当一面的妇产科医师，刘天香背井离乡，来到刚成立不久的南京中央大学医学院附属医院。尽管在这里职务低、工资少，但她看中的是这里有更全面的学科设置。她说："只要能学到理论和技术，能给妇女姐妹更多的帮助，职位和工资高低都无关紧要。"经过努力，她很快崭露头角，成为国内著名的妇产科专家，实现了要为更多妇女姐妹们解除痛苦的志愿。

　　刘天香在青少年时期就怀有国家兴亡、匹夫有责的爱国之心、救国之志。青年时期，她接触了中国共产党的地下工作者，屡次保护和帮助他们逃过国民党的追捕。1949年2月，解放军渡江前夕，南京一片混乱，有人已为刘天香和她的两个孩子订了去台湾的飞机票，但她毅然拒绝了对方的好意，决定留下来为新中国服务，并通过地下工作者的帮助和引荐，来到杭州市民医院，创建了杭州第一个西医妇产科。从此，她全身心投入祖国妇幼健康事业，为护佑浙江省妇女同胞奉献了毕生的心血。

心怀大爱，德艺双馨护母婴

　　新中国成立后，百废待兴，当时的杭州只有中医妇科，没有B超、剖宫产之类的西医治疗手段。刘天香刚来不久就做了浙江历史上第一例剖宫产手术。当全身浮肿、无法行走的产妇被家人用竹床抬进医院时，刘天香马上进行了仔细的检查，产妇被确诊为妊娠高血压综合征，情况紧急。刘天香凭着扎实的专业知识和过人的胆识，决定以手术的方式完成分娩。最终，母子平安。出院时，产妇的丈夫说没有钱。那时医院里每月有10个免费名额，好让穷人也能看得起病。"我想了想，决定免费！那个爸爸激动得跪在地上给我们磕头。"刘天香回忆说。

刘天香几十年如一日，坚守在工作岗位上，她用一双灵巧的手，迎接了5万多个小生命来到人间。在医院里，每次她带实习生查房时，都要向学生询问诸如"产妇生下孩子后

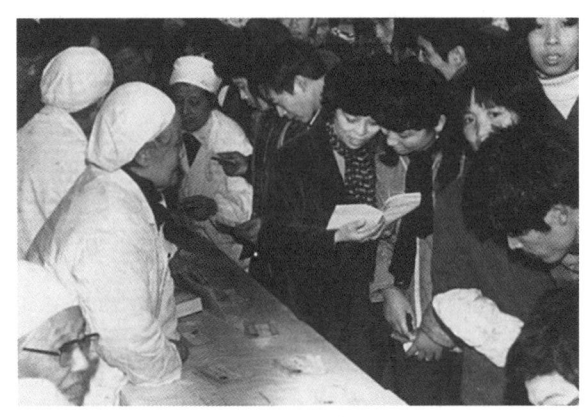

1986年，刘天香（左二）正在接受群众咨询

几天下奶？""喂奶姿势正确吗？""产妇吃饭情况怎么样？"等看似很普通的问题。但这恰恰体现了她对产妇的关心和爱护。她常说，"我们不仅要看到病，还要看到人。她们有不同的家庭和生活习惯，不同的病史和身体状况，不同的社会背景。搞不清这些，就不容易帮助产妇渡过难关"，"当一个医生，首先要知道自己的责任重大，产妇、病人入院，就把她的整个生命交给了我们，要把她们当成亲姐妹，从每件细微的小事上做起，体贴和关怀她们……"刘天香一直把家安在医院附近，20世纪五六十年代，家里还没有电话，医院要是有病人来，传达室的值班员就会跑到刘天香家里敲门，她都是第一时间就赶去医院。

刘天香一心想着病人，只要是病人需要的，她就想方设法地去做。她勤奋工作，无论白天黑夜、严寒酷暑，都为治病救人而忙碌。不管是

什么身份的患者，只要向她求诊，她都有求必应。病人有时出于感激，带一些土特产给她，她总是想方设法地退回去。一次，一位被刘天香治好了多年顽疾的妇女带来了毛笋。她百般推却，但病人怎么也不肯带回去，她就悄悄地折合成人民币从邮局寄回给病人。在所住的小区，刘天香也是著名的"医疗顾问"，左邻右舍碰到了医疗问题，总爱去敲她的门。而她，面对群众寻医问药，也总是不厌其烦地加以指点。从医这么多年，刘天香从未出过一起医疗事故。

品行高洁，淡泊名利守初心

1954年，浙江省立妇幼保健院改组，划分为妇女保健院和儿童保健院，刘天香担任妇女保健院院长，直至1984年。担任院长期间，刘天香始终注重言传身教，从不谋私利。外宾多次送的价值数百美元的国际最新出版书籍，指明是送给她个人的，但她全部上交图书馆供大家阅读；在1962年国家经济困难期间，她主动打报告要求减薪；1980年发放卫生津贴，她认为自己接触病人比较少，向组织退还了津贴。刘天香培养学生也十分尽心，学生的论文从选题、设计、数据统计到论文修改、选择投寄杂志，她都悉心指导，一一落实。平时为了鼓励大家写作，经她修改的许多文章上也不署她的名字。这些学生后来都成为中国妇产科领域的骨干力量。

刘天香一生自律、正直、正派，不计名利。她从来不会利用自己的特权给小家庭争取利益，并且教导小辈要做普通老百姓，

刘天香（中）指导她的学生

不能去麻烦别人。20世纪80年代初期，孝女路的房子拆迁改造，一家人搬到了华侨新村，后来孝女路的房子改造好了，一家人又搬回了孝女路住，这样就相当于他们当时有两套房子，刘天香主动把华侨新村的房子退回去，说共产党员只能有一套房子。在刘天香快要退下院长岗位的前几年，她几次主动写信给原浙医人的领导，要求自己退下来，让年轻的医生可以上来。她一直没觉得院长是一个官，她始终认为这是一种承担和责任。

据家人回忆，刘天香一辈子都没有吃过补品，一家人的饮食很简单。早上吃饱，把一天的能量都补充够。中午吃泡饭，基本不午休。晚上两素一荤一个汤。平和的心态让她安享晚年，延年益寿。

"一树玉兰，洁白绽放。"这是浙大妇院院歌《生命繁华》中的一句歌词。院里的两株广玉兰，其中一株是刘天香捐赠的。如今，她已离开，玉兰花还在园中一树洁白。

■ 廉洁信物

刘天香（左三）接受赠书并上交医院图书馆供大家阅读

参考文献

[1]浙江大学医学院附属妇产科医院、浙江省妇女保健院编：《蕙育春秋》，中国美术学院出版社，2011年。

[2]余华、肖国强、孙美燕、程潇潇：《医者刘天香：为了生命最初的感动》，《浙江日报》，2009年7月31日，第10版。

[3]孙美燕、吴亚芬：《她接生了5万多个宝宝》，《今日早报》，2007年5月30日，第10版。

[4]姚璐艳、孙美燕：《刘天香，平生广披慈母爱》，《浙江老年报》，2009年7月24日，第3版。

浙江大学医学院附属妇产科医院供稿

马雅丰、王红丹执笔

夏鼐

朴实清廉的"执铲人"

■ 人物名片

夏鼐（1910—1985），字作铭，浙江温州人。中国共产党党员。著名考古学家，中国科学院学部委员（院士），中国考古工作的主要指导者和组织者、中国现代考古学的奠基人之一。1949年秋至1950年9月任浙江大学教授，其间开设

《考古学概论》《史前学》及《文化人类学》等课程，是浙江大学考古教育传统的奠基者和创办文物与博物馆学本科专业的支持者。曾任中国科学院考古研究所所长、中国考古学会理事长、中国社会科学院副院长、文化部国家文物委员会主任委员等职。

■ 廉洁箴言

"我们考古工作者，尤其是田野考古工作者，是不许搞古物买卖的。"①

"综观先生之德操，颇有包公之风，为人刚而不愎，严而有温，曲

---

① 中国社会科学院考古研究所编：《夏鼐先生纪念文集》，科学出版社，2009年，355页。

者敬服而直者感佩，故能显当代而垂范后世也。"①

廉洁故事

夏鼐的一生为了推动国家考古事业的发展，尽心尽力，以身作则，慷慨地为学科发展而付出。他生活节俭，廉洁行事，严守职业道德，从不利用职务之便为自己或家人谋取私利，还时常告诫身边的同事要公私分明，在师生中传为佳话。

两袖清风，克己奉公"吝啬"且无私

夏鼐为人正直，公私分明，是廉洁奉公的模范。他平时生活十分节俭，近乎吝啬，但对于公家又慷慨得令人敬佩。夏鼐长年总穿一套蓝布中山装、一双布鞋或塑料凉鞋，冬季则是老棉裤、老棉鞋。次子的棉服买大了一号，他便穿了20多年，家里人给他买稍微好点的衣服，他都不肯穿。考古所里的同志和街坊邻里都知道，一旦他穿上新衣服，必定是有外事任务。如果去食堂吃饭，他常吃最便宜的菜，多年午饭都是一碗面上卧一个鸡蛋。他书房的沙发、书柜，以及屋里的藤椅都是修修补补用了好多年。他临终前几年，在办公室饮水用的还是一个断柄的粗搪瓷杯子。夏鼐写信常将旧信封翻过来再用，记事时很少用办公纸，而是用过期的日历，并且字写得很小，有如蝇头小楷。同事赵铨为他拍照时，发现他的布鞋破了一个洞，露出白色的衬布。赵铨提出后，夏鼐便找来毛笔，用笔蘸墨把露白的地方涂黑了。夏鼐早年从事田野发掘时的照片很少，因为他说公家的胶卷只能用来拍发掘现场和出土文物，不许学生随随便便给他照相，因此只有在后来的一些会议或者外事场合，学

---

① 中国现代考古学家，陕西省社会科学院副院长及省考古研究所研究员、所长石兴邦对夏鼐的评价。引自中国社会科学院考古研究所编：《夏鼐先生纪念文集》，科学出版社，2009年，210页。

生们才留心给夏鼐留下了一些珍贵的照片。

对于公家经费，夏鼐亦是精打细算，严格要求所里的工作人员，不能浪费公家一分钱。同时，他又极其慷慨，自己收到的大量赠书，绝大部分转交给考古所图书室收藏。20 世纪 50 年代，中国科学院学部委员按规定每月可享受 100 元车马费，他却从未领取。"文革"结束后，夏鼐收到补发的工资 2 万多元，他却全部用来交了党费。但因为党章上没有这样的规定，不久这笔钱又被组织退了回来。尽管如此，他也没有自用，而是将钱从银行取出，用部分存款凑成 3 万元，交到考古所作为基金，设立了考古学研究成果奖。1980 年 11 月在武汉召开考古学会第二次年会期间，他曾前往大冶铜绿山古矿冶遗址视察，归途中在鄂城停留，鄂城方面在西山公园内高档餐厅设宴为他接风，他坚决谢绝了宴请，赶回了住地。

1980 年 11 月，考古学会第二次年会期间
夏鼐（前）考察湖北纪南城遗址

以身作则，清苦仍守清正之风

夏鼐从不为自己和子女谋求私利。无论什么人来送礼品，他都不收。四个子女也无人学习考古专业，没有依靠他的关系去从事相关职业或安排到相关单位。他告诉子女，应选择适合自己的专业，并通过自己的努力去获得真才实学，取得工作成绩。家里有事要用车时，夏鼐从不同意用公家车，夏鼐和夫人去看孩子的时候也都乘坐公共汽车。1978年，三子正炎结婚时想图方便借用所里的汽车接新娘，夏鼐坚决预约出

租车去办："接新娘，就去租一辆出租车嘛，为什么要用公车呢？"

　　夏鼐特别重视职业道德和职业操守的教育，公私之分非常严明，在经费和文物方面要求绝对廉洁。尤其是拥有辨别文物知识、从事一线田野发掘的科研人员，更是需要秉持职业操守，不能利用自己的职业特殊性而谋求私利。"瓜田不纳履，李下不整冠，我们应该避免'瓜田李下'的嫌疑"，夏鼐多年来在许多场合这么告诫着他的学生和所里年轻的科研人员。一次，一位年轻的科研人员看到地摊上有一把商代铜戈十分便宜，买下后兴冲冲地告诉夏鼐，夏鼐立刻晓之以理，让他把买来的文物交公，并告诉大家，今后谁也不许买卖和收藏文物。曾有一位友人听说考古学会太清苦了，便向夏鼐提议考古学会也应办些文物发展公司，增加经济效益，可为大家分奖金，也可节省公家经费。但他的话一出口便被夏鼐拒绝："我们考古工作者，尤其是田野考古工作者，是不许搞古物买卖的。"作为一位考古学家，夏鼐何尝不爱古物，但他的爱绝不是据为己有，更不是从中牟利。他的爱是把古物当作中华民族灿烂文化的证据进行研究，阐明其价值，并加以保护。因此对于打着文物研究的幌子而盗卖文物中饱私囊的行为，夏鼐是深恶痛绝的。

　　夏鼐的师生观和他的人生观一样是大公无私的，对学生一视同仁，并且特别重视德义的修养。他主张同事之间、师生之间应该保持正常和正派的人际关系，对于依附吹捧、急功近利的不良风气和拉帮结派的行为绝不姑息迁就，对于有才、德、志的青年，他都愿意吸收到所里，以推动考古事业的发展。他自己率先垂范，以身作则。中国社会科学院考古研究所在他的严格要求和积极倡导下，逐渐形成了脚踏实地、严谨治学的优良传统。夏鼐在学生培养方面也尽心尽力、认真负责。夏鼐辅导的一位硕士研究生的论文没达到他认可的标准，他便未同意学生的答辩申请，这位学生在研究生院多学了一年才得以毕业。夏鼐的学生和后辈请他帮忙审核批阅文稿时，他都会另用一张纸逐条写明文稿需要修改的页、行，在提出意见后还会注明为何要如此修改。他严谨求真的科学态度和诲人不倦的品格风范至今仍鼓舞着考古后辈。

夏鼐给学生提出的修改意见

▪ 廉洁信物

夏鼐在办公室饮水用的断柄粗搪瓷杯

参考文献

[1] 中国社会科学院考古研究所编：《夏鼐先生纪念文集》，科学出版社，2009年。

[2] 王世民著：《夏鼐传稿》，社会科学文献出版社，2020年。

[3] 胡文怡著：《认识夏鼐——以〈夏鼐日记〉为中心》，上海古籍出版社，2016年。

[4] 王巍：《夏鼐先生与中国考古学》，《考古》，2010年第2期。

浙江大学艺术与考古学院供稿

关萌萌执笔

厉矞华

儿童健康事业的祥云

■ 人物名片

厉矞华（1912—2002），浙江杭州人。著名医学家、医学教育家、社会活动家、爱国民主人士，浙江民进主要领导人之一。中国儿科医学事业开拓者，浙江省儿科医学事业奠基人。浙江省儿童保健院（浙江大学医学院附属儿童医院、浙江省儿童医院）创始人和首任院长。曾任中华医学会儿科学分会委员、常务委员，浙江省医学会儿科学分会主任委员，浙江省科学技术协会常务委员，中华医学会浙江分会副会长，浙江省中西医结合学会顾问，中国红十字会浙江分会会长，中国民主促进会中央委员及浙江省主任委员，第三、五届全国人大代表，第五、六、七届浙江省人大常委会副主任等职。

■ 廉洁箴言

"家中没有很多存款，也无余银财宝。你父亲病故后我靠自己薪金生活，最近几年教授工资略有增加才有存款。我死后，如果单位发放任何抚恤金等费用，扣除治丧用外，多余款可以捐到希望工程。你父亲与我非常热爱祖国，拥护共产党和社会主义，希望你们为社会主义中国努力工作，全心全意为人民服务。我死后丧事从简，不向遗体告别，不开追悼会，遗体送浙江医院作病理解剖。"[1]

■ 廉洁故事

厉矞华是儿童健康事业的祥瑞彩云，她把自己的生命融进了事业。她的一生是以平凡而坚实的脚步写就的一部内涵丰富的书，没有华丽的辞藻，却跌宕着真实的人生起伏，让人有一种发自心灵深处的真真切切的感动。

一片丹心报祖国

1912 年农历二月，厉矞华出生于杭州一个书香门第，从小就受到良好的教育与熏陶。其父厉家福，是浙江医科大学前身浙江医学专门学校创始人之一，杭州市红十字会首任会长。厉先生希望自己的女儿长大后是一个品德高尚之人，遂取名"矞华"。聪慧的厉矞华就是生活在这样一个爱国的医师家中，耳濡目染，她也自幼爱上了医学，受父亲影响，决心科学救国，献身医学。

1934 年，厉矞华以优异的成绩毕业于北平大学医学院，留校任儿科助教。同年 9 月，她东渡日本，在日本九州帝国大学医学部儿科教研室攻读研究生。1937 年初，因无法忍受日本军国主义对华的侵略恶行，她毅然回国重返母校任教。卢沟桥事变后，她以满腔的爱国热情投入抗日救亡运动中。新中国成立前，她先后担任西北联合大学医学院儿科讲师，福建省立医学院儿科学副教授，台湾省立师范学校生物系教授，浙江省立医学院儿科教授，省立杭州医院儿科主任。经过近 20 年的摸索和实践，厉矞华全面地掌握了儿科学方面的知识，成为一名著名的儿科医生。

---

[1] 厉矞华在遗嘱中交代后事。

呕心沥血为未来

新中国一成立，被任命为浙江省妇幼保健院院长的厉矞华便把妇孺装在了心中。新中国成立初期，很多育龄妇女在不规范的旧法接生中失去生命。为了保护千千万万妇女和儿童的健康，厉矞华十分重视疾病预防工作，坚持"预防第一"的方针，在大力宣传新法接生的同时，将旧接生婆培训为新法接生员，提倡科学育儿，实施儿童分段保健。1954年妇、儿分科，她担任了浙江省儿童保健院首任院长。从此，厉矞华的生命就与儿童保健事业结下了不解之缘，她的心也像犁尖那样扎进了这片热土，再没一天离开过儿童医院、离开过儿童。医院的建设、医院的发展无不牵动她的心，医院运转好、病儿好、职工好，她最高兴。如果医院里有什么事，她最急。

20 世纪 50 年代，传染病在我国流行猖獗，特别是麻疹、肝炎、乙型脑炎等传染病，吞噬了许多儿童的生命。望着昏迷、抽筋的孩子，厉矞华心如刀割，日夜守护在病儿身边。她吩咐医务人员："病人来多少收多少，要把每位患儿都治好。"为了让病儿都能住进医院，她带领医护人员腾出宿舍、办公室，按传染病隔离治疗的管理要求，对病儿进行严格隔离、集中管理，争分夺秒地工作。在她及全体医护人员的努力下，流行疾病迅速得到了控制。

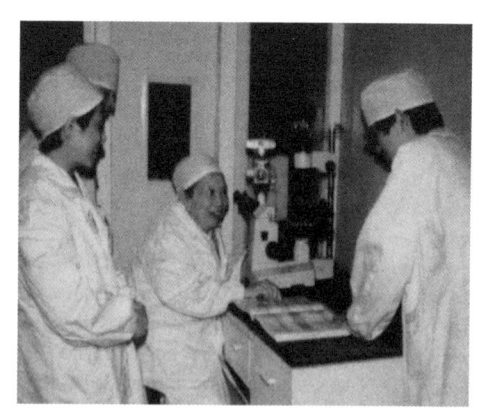

厉矞华（左三）和研究生在一起

在"文革"期间，厉矞华受到冲击。此时，她已年近花甲，有人劝她该歇一阵子了，但她没有放弃作为一个医生救死扶伤的神圣职责，坚持在门诊第一线。她说，一天没有听到患儿的声音，心里就不踏实。当她得知农村儿科医生奇缺时，就主动下乡进行巡回医疗，培训乡村医生，为农村病人送医送药；在血吸虫病流行时，她和当地医务工作者一起，开展血吸虫病防治。

攻坚克难战一线

厉矞华凭着几十年在防病治病第一线所积累的丰富经验，十分善于捕捉机会，进行临床医学科学研究，并勇于瞄准研究的前沿，组织精兵强将攻克难关。

20 世纪 50 年代初，杭州某幼儿园儿童得了一种疾病，厉矞华敏锐地发现这是急性传染性淋巴细胞增多症在流行。她到幼儿园指导医护人员开展防治工作，收集第一手材料，写成论文。这是我国关于该病流行的首篇论文，引起医界关注。

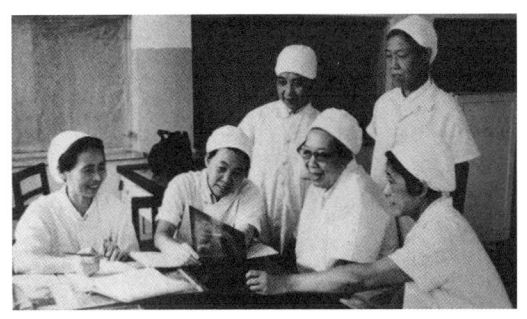

厉矞华（左四）与同事们讨论病历，攻克难题

60 年代初，厉矞华在整理医院尸体解剖的病理材料时，发现了婴幼儿巨细胞包涵体病，迅速总结，写成论文发表，成为国内该病的最早研究成果之一，为该病的早期诊断和治疗提供了一份宝贵资料。金黄色葡萄球菌感染，是医学界的棘手问题，她为攻克这个难题倾注了大量心血，为在防治中取得较理想的效果，提出了血清分型的研究。

70 年代初，响应周恩来总理关于"攻克肿瘤"的号召，厉矞华瞄准了被人们称为不治之症的"血癌"——白血病，开展攻克研究。1972年，由她领衔的小儿白血病研究组成立，并开设白血病专科病房和随访门诊。当时，她清楚地意识到，单纯以西医的化疗难以征服白血病这个病魔，必须发掘祖国医学的精华，采取中西医结合的方法来积极治疗白血病。花甲之年，她拜老中医为师，勤学好问，钻研中医。她采用祖国医学"扶正祛邪"的法则进行中西医结合治疗。经过20余年的临床不懈探索，终于取得了可喜的成绩，患儿生存期明显延长，有的已结婚生子，过着美满的生活。

扶危济困映初心

走过近百年的风雨沧桑，目睹了近一个世纪的时代变迁，厉矞华扶危济困之心始终不渝、护人健康之愿矢志不移。她在任浙江省人大常委会副主任期间，曾三次视察残疾儿童福利院，看到那些智力障碍儿童，她深感责无旁贷。1989年，厉矞华挑起了省红十字会会长的担子。虽已步入耄耋之年，她却又萌动了攻克儿科脑病顽症的决心："脑瘫儿童比正常儿童需要更多的呵护。"当年，厉矞华领衔成立第二攻关组——浙江医科大学附属儿童医院脑瘫防治研究组，并开设了小儿脑瘫康复门诊。按中医经络理论进行针灸、按摩、穴位注射并辅以功能锻炼等多种治疗手段，收到了良好的效果，使不少长期卧床者可以独立行走。1992年6月，《浙江日报》刊登新闻"一个母亲还愿的故事"，报道了一名5岁的女孩，言语不清、行动障碍，经过厉矞华8个月的连续治疗，这个小女孩能独立行走了，还能上下楼梯。1995年，青年女工王荫兰抱着收养的脑瘫患儿小西泠，找到了浙江省儿童保健院脑瘫专科门诊，厉矞华亲自接诊，中西医并用，还减免了小西泠的治疗费用。寒冬酷暑10个月，小西泠竟可以扶墙走路了，也有了正常思维，叫起妈妈和叔叔、阿姨来可甜了。

1995 年春节，厉矞华慰问儿童福利院的康复患儿

厉矞华的工作得到了联合国儿童基金会的高度评价。联合国儿童基金会项目评审团在参观浙江省儿童保健院和基层康复点后，该会亚太区域办事处主任布鲁格斯先生在留言簿上盛赞厉矞华，"身居高位，平易近人，为残疾人做实事，不愧是真正的英雄"。

■ 廉洁信物

厉矞华手稿

参考文献

[1] 浙江大学医学院附属儿童医院:《一代天骄——儿科专家厉矞华教授九十华诞》,医院资料,2001 年。

[2] 霜木:《著名医学儿科专家厉矞华》,《今日浙江》,2002 年第 14 期,第 44 页。

[3] 刘新:《风范永存——追忆厉矞华同志》,《浙江人大》,2002 年第 7 期,第 46—47 页。

[4] 祝文:《儿童健康事业的一朵祥云——记儿科学专家厉矞华教授》,《健康人生》,2001 年第 2 期,第 2 页。

浙江大学医学院附属儿童医院供稿

王雪飞、陈超群执笔

钱　礼

不为良相为良医

■ 人物名片

　　钱礼（1915—2012），江苏江阴人。著名外科学家，浙江肿瘤外科开创者之一。1935年考入上海医学院（现复旦大学医学院）。历任杭州市民医院外科主任，浙江大学医学院外科副教授、外科总论教研组主任、附属第二医院外科主任。1958年奉调创办温州医学院，历任温州医学院外科副教授、教授、外科教研组主任兼附属第一医院外科主任、温州医学院院长。1983年回到杭州，到浙江医科大学任教。

■ 廉洁箴言

　　"刚正不阿扬正气，孜孜不倦传医道，苦心耕耘育桃李。"①

■ 廉洁故事

　　一个建于20世纪80年代的普通住宅小区里，阳光透过窗户玻璃洒入简朴但不失整洁的客厅，古朴的客厅茶几上仍静静地躺着一本1982年出版的《腹部外科学》和一个放大镜。这本厚厚的著作里布满各类注解，

———————

① 同事徐少明教授评价钱礼。

扉页上的一句话更是本书作者一生的写照：学无止境。沐浴在那温暖的阳光里，拿着放大镜聚精会神阅读的老人的身影永远定格在了那一刻。2012年8月9日15时33分，钱礼走完了自己光辉的人生旅程，享年98岁。

侠肝义胆赤子心

钱礼出生于江苏。少年时代，苏南地区厚重的人文积淀，读书人家的清贫生活和严格的家庭教育，使得"不为良相，便为名医"的信念深植于这位乡间学子的心中。

在这个家庭中，先是长子成了医生，那就是我国著名传染学家、医学教育家、上海第一医学院原副院长、重庆医学院院长钱悳教授。受长兄的影响和资助，钱礼随后也走上了习医的道路。

钱礼行医，无论对富人还是穷人，都一视同仁。1953年，钱礼开设的杭州立德外科妇产科医院里住着一位来自安吉山里的农民，得的是慢性骨髓炎，腿上裹着厚厚的纱布，常年拄着拐杖。骨髓炎在当时还是一种棘手的疾病，一是缺乏有效的抗生素，二是病灶难以彻底清除，就只能靠长期的骨髓腔脓液引流换药，让脓腔慢慢收口。如不进行有效治疗，这种病人轻则丧失劳动力，重则不治而死。

这位病人来到钱礼的医院后不久，钱就花完了，可是病还远未痊愈，怎么办呢？钱礼和妻子商量后，决定让他住下来，医疗费用和吃住全免了，该用的药、该换的药却一样不少用、一次不延误。每次换药下来，脓性敷料总有一大堆。病人后来终于痊愈回家，直到1958年前还常与钱礼有通信往来。

钱礼是个文化人，外表文质彬彬，但却生性耿直，侠肝义胆。20世纪70年代，已是花甲之年的钱礼有一次在路上看见一个小混混抢了一个卖烟小姑娘的烟，二话没说冲上去就是一拳："还给她！"吓得小混混赶紧把烟还给了小姑娘。

钱礼的生活极为节俭，唯一的爱好就是看报纸和电视新闻。一看到哪个地方受灾了，他就捐款。汶川地震和玉树地震后，他得知消息立马给有关单位打电话捐款。在他生命最后的十年里，仅通过红十字会向受灾地区捐款就有七八万元之多。

桃李芬芳，教泽绵长

1983 年，钱礼从温州医学院调回到杭州，他坚持在杭城各大医院外科查房，组织和指导医生们讨论疑难病例，然后从中总结出一些诊断和治疗方面的共识，去指导更多的临床医生。这项工作一直坚持到2003 年底，此时钱礼已是 90 岁高龄。

钱礼一生育人无数，桃李满天下。当曾经的学生们回忆起这位老师时，仿佛那些事情都发生在昨天一样。施红旗是温州医科大学附属第一医院外科医生，时至今日回想起来，钱礼和蔼可亲的长者风范仍在他的眼前不断浮现。他回忆说，钱教授虽身为我省外科学界的泰斗和国内著名的外科学专家，但他一贯视学生为亲人，对于学生的疑问总是能够耐心解惑，从不摆架子，可谓诲人不倦。

施红旗与钱礼曾经有过三次书信往来。第一次是在 1989 年 5 月，他当时写了一篇题为《胆石症伴脾功能亢进的外科治疗》的文章，壮着胆子将该文章寄给钱礼审阅。令他喜出望外的是，钱礼收信后不久，就对该文章认真审阅、逐字逐句地细心修改，并亲笔回信。在信中他首先对晚辈进行了夸奖和勉励，希望晚辈能持之以恒、锲而不舍；然后对文章进行了详细精辟的剖析，指出文章"最大的一个缺点是脉络不清，罗列现象多，悟出其中的脉理者少"，要求他抓住重点，从发病机制、病史与临床表现以及治疗三个方面重新改写文章；最后，他写道："我指出的不一定马上会得到你的同意，但你不妨按我的意见重新组织一下你的文章，两者比较，就可以看出其间的不同。"收到回信后，施红旗深受鼓舞和感动，钱礼诲人不倦的大师风范跃然字里行间，他兴奋得睡不着觉，真没想到钱教授对晚辈是如此热情和厚爱，既中肯指出文章的缺点与问题，又充分理解晚辈的心情、不挫伤晚辈的自尊心。

不出一月时间，施红旗又再次将修改后的文章寄给钱礼审阅。钱礼义一丝不苟地对义章进行了修改，于 7 月 17 日再次将文章寄回给他，并写信勉励他"持之以恒，必有所成"。

施红旗与钱礼的第三次书信往来是在 1995 年 6 月，他再次请钱礼审阅修改两篇文章，钱礼仍在百忙之中挤时间给他修改文章并亲笔回信。施红旗至今都将钱礼的这些来信当作最宝贵的精神财富，珍藏家中，铭记心间。

像施红旗这样因求教而与钱礼结下师生缘的"学生"还有很多，其中还有安徽等地基层医院的年轻外科医生。

一间陋室遗书香

钱礼一生中从未停止过对医学的研究。他曾经说过："写书有一种快感，把自己的独到心得倾吐出来，把许多规律性的东西提炼出来，该是何其痛快！"胡庆余堂名医馆馆长张承烈，曾在温州医学院与钱礼共事 16 年，16 年中对钱礼最深的印象，一是插着手不带讲稿上课，二是赤着膊在家里写书。

那时他们还是楼上楼下的邻居。钱礼住在张承烈楼下，一间小房，充其量 10 平方米，仅摆放了一张床，一张办公桌，只有一扇窗，条件很差。钱礼平时都在食堂吃饭，买了饭后拿到小房屋里吃，冷了用"小煤油炉"热一下再吃。他一般不出房门，就在 10 平方米的房间里奋笔疾书。夏天没有空调，他打赤膊，一边扇着扇子一边写。在那种"知识不值钱"的年代里，在这么简陋的环境中，他还坚持撰稿出书，实在难能可贵。

20 世纪 60 年代初，钱礼在温州陋室中撰写书稿

　　钱礼把著书视为医学的灵魂。正是在那种艰苦的条件下，钱礼先后完成了《腹部外科学》《乳房疾病》《甲状腺疾病》等专著。

　　钱礼去温州前曾在浙大二院主攻肿瘤专业，他又是浙江肿瘤外科的先导者。20 世纪 50 年代中期，他选派人员外出进修，添置了设备，在浙大二院率先成立了肿瘤科，组织开展肿瘤临床、放疗和病理工作。该科后来成了国内最早成立的肿瘤医院——浙江省肿瘤医院的技术基础，许多当时的业务骨干日后也都成了闻名全省乃至全国的肿瘤科专家。

　　1958 年去温州以后，钱礼在医疗实践中深切体会到基层医院外科业务主要在腹部外科，并孜孜不倦地在这个领域中探索。厚重的《腹部外科学》是钱礼伏案 6 年所著，洋洋 130 万字、数百幅插图均是他自己着手构思、反复修改，一点一滴凝聚而成。该书作为我国腹部外科领域出版较早的专著之一，成为当时全国普外科中青年医师必读的参考书。

　　正如他的同事所评价："钱老是外科界的泰斗之一，他的《腹部外科学》影响了一大批外科医生。他治学的严谨、对病人的关爱，完完全全代表了'精湛演绎技术，关爱体现服务'的浙二精神，是所有医务人员的楷模。"

■ 廉洁信物

钱礼伏案 6 年在陋室中所著的《腹部外科学》

参考文献

王建安主编:《相信——广济传人:38 位名医逸事》,红旗出版社,2014 年。

浙江大学医学院附属第二医院供稿

杨颖、王琳妤执笔

朱祖祥

求真求善求美

■ 人物名片

朱祖祥（1916—1996），浙江宁波人。中国共产党党员。著名土壤学家，中国土壤化学的开拓者和奠基人，中国科学院学部委员（院士）。1938年毕业于浙江大学农学院。1945年赴美国密歇根州立大学深造，获得硕士及博士学位。归国后回到母校担任教授。历任浙江农业大学土壤农业化学系主任、副校长、校长等职。1978年支持并领导筹建全国农业院校中首个环境保护专业。1983年参与筹建中国水稻研究所，被农业部任命为首任中国水稻研究所所长。

■ 廉洁箴言

"为人师表求真求善求美贵在奉献，教书育人是德是智是体严于律己。"[①]

■ 廉洁故事

朱祖祥一生胸怀爱国之情，力践报国之志，育人奉献，严于律己，

---

① 1990年浙江农业大学80周年校庆朱祖祥的题词。

勤勉躬行，桃李天下。西迁路上，刚刚留校的他身兼数职，为学生们在艰苦环境中搭建教学科研之路；异国求学，放弃国外优厚待遇，毅然回国任教，挑起学科重担。他朴实无华，勤俭节约，在生命的最后一刻，倒在他热爱的土地上，将一生奉献给了祖国，奉献给了他钟爱的土壤学科与教育事业。

西迁不畏艰险阻，真知求是在躬行

自 1937 年 11 月至 1940 年 5 月，从杭州一路西迁至贵州湄潭，浙江大学师生凭着爱国主义的热情，在 5000 余里行间，培养人才、拯救中华。当时，刚毕业留校担任助教的朱祖祥，胸怀爱国爱校之热情，承担起整个农学院仪器设备、药品等的押运工作。当时公路尚未竣工，又缺车辆，他与同事们一起，克服重重困难，水路周转，或高卧于箱顶激流行舟，或曲蹲于箱背以避逆风，辗转了个把月。最终安全地将这些珍贵的教学科研设备转运到贵州湄潭，为师生继续开展教学科研工作提供了保证。

在湄潭，朱祖祥承担了除农产制造课以外的本系全部实验课、实验室建设乃至清洁卫生工作。虽然条件简陋，但他仍恪尽职守，热心执教，在极其艰难的环境中设法创造和改善教学及科研条件。没有自来水，就自己制备；没有电灯，就用桐油灯代替；在实验用房、仪器不敷周转时，就利用晚上或假日为同学们安排实验。在宜山，朱祖祥住宿在仪器药品室，一个人承担起保管、打扫、采购、担水和制备蒸馏水等事务。这段经历既激励学生勤学奋进，也坚定了朱祖祥自己献身教育的远大志向。

异国难舍炎黄情，潜研精思报祖国

赴美留学期间，朱祖祥放弃假期，抓紧一切可以利用的时间，仅用了 3 年就完成了 2 篇学位论文，以优异成绩获得了硕士和博士学位。博士毕业之际，在竺可桢校长的邀约下，朱祖祥毅然拒绝美国师友的挽留，选择回校任教。美国学校系主任和导师致函浙江大学，高度肯定他在美求学期间的突出表现。他被浙江大学聘任委员会破例聘任为

1947年6月，竺可桢（右二）赴美国考察期间，在密歇根州立大学与浙大在美留学生朱祖祥（中）等合影

农化系教授。这时的朱祖祥刚过而立之年。

1949年春，朱祖祥在美国的好友来信，并寄来两张机票，热情邀请朱祖祥夫妇去美国农业部下属单位任职，条件十分优越。但朱祖祥心系祖国的土壤科学事业，再次谢绝了邀请。虽然那时国内的条件和实验环境都很落后，但他依然克服重重困难，尽可能满足学生的科研需求。师资力量不够，他就邀请别的专业或学校的老师来系上课；没有好的专业课教材，他就亲自编撰讲义或翻译教材，自己脑膜炎初愈，便继续夜以继日地完成修订。20世纪50年代初，他患上严重的胃溃疡，但还是忍着剧痛坚守在工作岗位上。他把教育事业看得比自己的身体还重要，即使是学生的一节课也不愿耽搁。

1996年，80岁高龄的朱祖祥，赴中国科学院上海分院组织的长三角资源环境与社会经济考察途中，不幸在浙江绍兴因公殉职。生命的最后一刻，他仍奔波在他热爱的土地上，为了他钟爱的土壤科学。

1986年9月，朱祖祥（左三）深入农村进行现场科技指导

为人师表严律己，朴实无华守初心

谈起与朱祖祥相处的细节，昔年的同事与学生仍然记忆犹新。年逾八旬的黄昌勇教授、莫慧明教授、吴玉卫教授曾是朱祖祥的得意门生与共事"战友"。"治学严谨是朱祖祥先生身上最鲜明的特点，"莫慧明教授回忆，"朱先生特别严格，实验室里的瓶瓶罐罐时刻要摆放整齐，试剂瓶上的标签贴歪一点也是不合格的。"有一次，实验室里定做的桌子四角高度稍差一些，朱祖祥认为这可能会对实验造成影响，坚决要求工人返工。正是在他的影响下，老一辈环资人以求真求是、踏实严谨的态度高质量完成每项工作与任务，为学科蓬勃发展奠定了坚实基础。（1998年，浙江大学"四校合并"。1999年7月，原浙江大学、杭州大学、浙江农业大学相关机构合并，组建成立浙江大学环境与资源学院，简称环资学院。）

朱祖祥十分重视基础教学，亲力亲为设计实验，手把手教授实验方法。他一直强调要加强基础理论学习，加强数理化学习，才能提高学科的总体水平。

1987年，朱祖祥给留学生、研究生授课

尽管朱祖祥在科研教学上一丝不苟，但在生活上却十分平易近人、节俭朴实。谈起他的日常，三位老教授依然印象深刻。早年间，朱祖祥有一台从香港带回的空调，在当时，空调是个稀罕物件，整个学院里只有他一人有。但他并不想特殊化，一直收着从不使用。直到学院里陆续有人装起了空调，他才开始偶尔使用。每次用空调时，他都打电话将大家召集过来，一起享受清凉。平时，大家依然常常看到他扇着蒲扇躺在摇椅上，他说："电表转得太快，不要浪费电。"在出国访问期间，他都尽量借住在朋友家里，只为省下高额的宾馆住宿费用，如数上交国家，以更好地支持我国科研教育事业建设。

"为人师表求真求善求美贵在奉献，教书育人是德是智是体严于律己"，这是朱祖祥一生经历与追求的最真实写照。土化系1956级同学曾深情地给他献词："学识渊博，才思敏捷，严谨治学，勇于创新。对待学生既满腔热忱，循循善诱，又严格要求，更是真诚关怀和爱护，始终激励着他的每一名学生，桃李满天下。"朱祖祥治学严谨、廉洁自律的优良作风与精神，影响着一辈又一辈环资人，代代传承，生生不息。

■ 廉洁信物

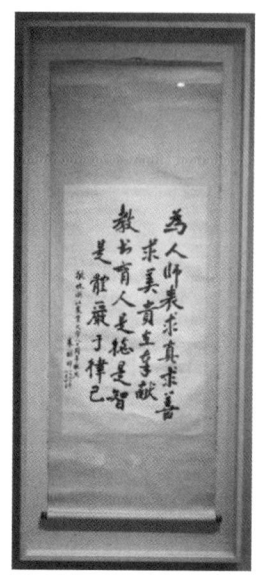

1990年浙江农业大学80周年校庆朱祖祥的题词

参考文献

[1]钱伟长总主编，石元春本卷主编：《20世纪中国知名科学家学术成就概览·农学卷》（第二分册），科学出版社，2013年。

[2]浙江大学《纪念朱祖祥院士诞辰90周年文集》编辑委员会编：《求真·求善·求美：纪念朱祖祥院士诞辰90周年》，科学出版社，2006年。

[3]朱荫湄：《西迁岁月 一路走来》，《浙江大学报》，2016年12月2日，第4版。

浙江大学环境与资源学院供稿

何佩莹、李冰清、倪百慧执笔

曾国熙

学界泰斗　师德楷模

■ 人物名片

曾国熙（1918—2014），福建泉州人。著名土力学与岩土工程专家、土木工程教育家，中国岩土工程学科先驱之一，浙江大学土木工程学系教授、岩土工程学科创始人，经国务院批准的首批岩土工程专业博士生导师。1979—1984年任浙江大学土木工程学系主任。曾任国务院学位委员会土木、建筑、水利学科评议组成员，浙江省政协委员，浙江大学校务委员会委员，兼任西安交通大学、华侨大学等六所大学和研究所的名誉教授或兼职教授。

■ 廉洁箴言

"当时我们一心在于学习，生活上一些困难都能克服的。如当时用纸都是土制的，草稿也尽量节约，先用铅笔写，再用墨笔写，但上交的习题纸是用工程字写的，端端正正。"①

---

① 曾国熙：《考入厦大、留美与回国任教的片断回忆》，载王豪杰主编《南强记忆：老厦大的故事》，厦门大学出版社，2009年，第147—150页。

▪ 廉洁故事

曾国熙始终怀揣士林的抱负与理想，他清廉简朴，淡泊寡欲，从不汲汲于名利；他以身作则，言行如一，用自己的热忱感染着一代又一代土木学子，培养了一大批优秀人才；他潜心科研，勇毅前行，在中国土木行业学术研究领域树立了不朽的丰碑。

清廉俭朴，言传身教

曾国熙的一生，清廉简朴，专心自己的研究，不在乎身外之物。他认为物质的缺乏不值一提，而学习上的困难才是最应关注的，需要潜心研究。曾国熙早期求学期间，条件极为艰苦，物资稀缺，草稿纸都要反复使用。他回忆道："当时我们一心在于学习，生活上一些困难都能克服的。如当时用纸都是土制的，草稿也尽量节约，先用铅笔写，再用墨笔写，但上交的习题纸是用工程字写的，端端正正。"1939年，为参加全国统一招生考试，曾国熙由泉州启程，步行山路三整天，经南安、永春、德化到大田，再乘公路车经龙岩到长汀，几经辗转才抵达考场。幸运的是，他最终被厦门大学土木工程系录取。

1953年，曾国熙到浙江大学土木工程学系任教，条件仍很艰苦。当时新中国刚刚成立，国家发放的工资较少，他勤俭节约，用自己一人的工资，培养了家里7个孩子。他早前分到了求是村的宿舍，屋里只有极为简陋的老式家具，餐桌甚至是由学校里的废弃课桌充当的，几乎没有一件像样的摆设。曾国熙就一直居住在这样简朴的宿舍中，潜心研究，没有花心思在物质生活上。一直到80多岁时，他才同家人搬到求是村里较新的一幢宿舍，基本生活条件由此得以改善。搬家后，曾国熙依旧保留着早年俭朴的习惯，家中也依旧维持着普通的家具摆设。

曾国熙的儿子曾凯在为纪念父亲而写的《记忆中的家父》一文中谈

道："要说言传身教，我们作为他的子女还是非常自豪能够出生和成长在这个家庭的，家父没有给我们留下什么金银财富，但是留给我们继承的是丰富的精神财富和人生理念。"曾国熙清廉俭朴，言传身教，向孩子们传达了朴素的价值观和生活理念，也向后人弘扬了勤俭节约的优良品质。

豁达乐观，淡泊名利

曾国熙作为第一批归国华侨，骨子里仍然秉持着中国人特有的文人气质和传统文化思想。古人云："少欲觉心静，心静则事简。"曾国熙的一生正是这句话的真实写照。他淡泊名利，但有着士林的抱负与理想，潜心科研，勇毅前行，以此为一生所求。面对评职称等事项，他向来比较淡泊，反复告诫学生做好本职工作才最重要。于曾国熙而言，名利得失不过是蜗角虚名、蚁穴争斗，唯有学术上的前进、精神上的充盈，才能使他感受到内心深处的快乐与珍贵。正是这种对广阔精神世界的不懈追求，引领着他一心在学术领域深耕，乐观面对瓶颈与困难，不断试错，从不放弃，终在土木工程岩土领域做出重要贡献。

1992 年，曾国熙赴意大利参加国际学术会议

曾国熙毕生致力于岩土工程学科的发展，坚持倡导理论、室内外测试和工程实践相结合的治学思想，这一思想指导了过去60年来浙江大学岩土工程学科的发展，为我国造就和培养了一大批岩土工程专业骨干力量和高级人才。同时，他在竖井排水地基方面的理论研究和工程实践历时30余年，在学科建设和人才培养方面做出了不可磨灭的贡献。在穷其一生的科研工作中，曾国熙廉洁清正，以身作则，言行如一，不仅为后人留下了宝贵的财富与经验，更用自己的热忱感染着一代又一代土木学子，在中国土木行业学术研究领域树立了不朽的丰碑。

关爱学生，春风化雨

曾国熙不仅是致力于科研的学者，更是一名桃李满天下的良师。他心系学生，言传身教，给予学生的教诲令其终身受益。他身体力行地教导学生"不戚戚于贫贱，不汲汲于富贵"，待人处事要平心静气，保持淡泊和豁达的心态；科研治学与为人处世一样，要对科学怀有纯粹的敬畏之情，一心向学"俯下身子""坐冷板凳"，才可以走得更远。除此之外，曾国熙也不断用自己的实际行动践行这一原则，以身作则为学生们做出了表率。他教导学生在学习工作方面要脚踏实地，切勿好高骛远，首先将手头本职工作做好，再去追求更高层次的突破。

曾国熙（左四）给学生们进行现场实践讲学

在学生们的回忆当中，曾国熙是一位十分注意提携晚辈，对本科生、研究生都热心相助的好老师。即使是一个素未谋面的学生来找他咨询问题或寻求意见，他也非常热情且细心地接待。作为我国卓越的岩土工程教育家，他将自己的一生奉献给科研和教育事业，真诚无私地提携学生和晚辈，共培养了34位博士研究生，其中包括浙江省培养的第一位博士研究生和我国自主培养的第一位岩土工程博士。他指导的研究生中已有多人成为国内外知名的岩土工程专家，更有两位分别当选中国工程院和中国科学院院士。曾国熙待学生与亲生子女别无二致，曾凯回忆道："家父是一位尽职尽心的教师，他很爱他的学生，热衷国家的教育事业，倾其毕生精力去教育和帮助他的学生。帮助学生是他一生中最快乐的事，看到学生的成长他会很高兴地和家里人分享。连我母亲都对他的学生十分了解，能说出他们每个人的名字和他们的家庭情况。"

如果说传道授业解惑是教师的职责，那么对学生无私的关爱，对教育事业无私的奉献，则是曾国熙一生都在恪守的品格。教育是一个长期的过程，成功的触动可能只在一念之间，但成功的教育和转变却是一个长期、复杂且反复的过程，它在日常学习生活中、在朝夕相处间慢慢发生。曾国熙能培育出众多优秀学生的原因，不仅在于他对学生的关心和爱护，更在于其自身的高尚品德，这些品质能够在日常学习生活中潜移默化地影响身边的人。

正是一批批像曾国熙这样清正廉洁、一心向学的教学科研工作者，奠定了浙江大学建筑工程学院的学术精神和深厚传承。抚今追昔，学院师生应当学习与铭记老一辈科研工作者的廉洁精神、学术风骨，为建工事业献出自己的力量与青春！

■ 廉洁信物

曾国熙使用过的笔筒

参考文献

[1]曾国熙：《考入厦大、留美与回国任教的片断回忆》，载王豪杰主编《南强记忆：老厦大的故事》，厦门大学出版社，2009年。

[2]曾凯：《记忆中的家父》，来源于曾凯个人回忆文稿。

浙江大学建筑工程学院供稿

张莹砾、黄佳悦、张议兮、孙雅文、封姚逸执笔

杨士林

大音希声 大象无形

■ 人物名片

杨士林（1919—2016），江苏苏州人。中国共产党党员。著名有机化学家、高分子化学家和化学教育家，浙江大学高分子学科的创始人。1982—1984年任浙江大学校长。从事化学教育和科研50余年，为中国培养了大批化学人才。在有机合成、阳离子聚合及配位聚合等方面成就斐然，注重应用化学的研究，其研制的催化活化剂及原油输送减阻剂、降凝剂等均创造重大的经济效益和社会效益。

■ 廉洁箴言

"杨先生非常淡泊名利，那时有不成文的规定，省级的干部和院士可以不退休，然而杨先生非常有原则，坚决退休，退休之后也不返聘。"①

■ 廉洁故事

杨士林为人正直，待人诚恳，一切以国家和人民利益为重，唯真理

---

① 汪茫：《五十载师生缘——我眼中的杨先生》，载浙江大学高分子系编《杨士林先生传记》，院系资料，2013年，第57页。

为求，无私奉献。杨士林一生致力于我国高等教育事业的发展，长期从事有机化学和高分子化学的教学与科研工作。在"文革"后积极恢复浙江大学的科研教学工作，推动浙江大学各项事业步入正轨。退休以后，杨士林依然心系高分子系，多次来系里为同学们讲述浙大西迁历史、为人治学之道和求是校训的真谛。

辗转求学　反哺求是

1937年，杨士林成功考取浙大。由于战火弥漫，硝烟四起，浙大举校西迁。虽然条件艰苦，但杨士林并没有因此耽误学业，反而加倍珍惜学习机会，发奋努力，成绩优异。1941年毕业后，杨士林留校任教。

1948年，杨士林远赴丹麦哥本哈根工业大学深造，学

1937年9月，杨士林（中）初进浙大

习有机化学。1950年，学成之际，杨士林面临着留在国外继续做研究和回国工作的艰难选择。杨士林在丹麦哥本哈根工业大学的导师十分欣赏他，希望他能留下，并且还提出可以介绍杨士林去美国留学，但杨士林考虑到新中国刚成立不久，百废待兴，正缺乏专业人才，需要自己的学识发挥作用，因此毅然选择回国，希望能够为发展、建设祖国出一份力。当时杨士林可以选择乘船或者坐火车回国，但是乘船比较贵，所以一向节俭的杨士林选择了坐火车。

1951年1月，杨士林回到祖国，先后任浙江大学副教授、教授。杨士林教学方法灵活高效，深得同学们喜爱，许多当年曾聆听他讲课的

学生至今记忆犹新。杨士林非常重视教育，不仅重视理论知识的传授，也重视教学条件的改善。虽然在日常生活中坚持勤俭节约的作风，但若是对科研教学有所帮助，杨士林便会毫不吝啬地给予支持。21世纪之初，高分子大楼筹建，杨士林拿出多年积攒下来的收入，为大楼的建设捐助了12万元。他关爱后辈学子，2005年在浙江大学教育基金会设立"杨士林奖学金"，资助和激励了众多优秀学子。在数十年的从教生涯当中，杨士林始终保持着清廉节俭的作风，关爱学子、乐于助人，受到浙大师生的广泛爱戴。

临危受命　砥柱中流

1982年，杨士林担任浙江大学校长。时值改革开放初期，校园百废待兴，教室多年不曾使用，实验室也都空着，很多实验设备因缺少管理而破旧不堪。在这种情况下，杨士林主持重新制定教学科研等制

1983年9月，杨士林在开学典礼上讲话

度，恢复和发展教学科研工作。杨士林认为，科研与教学都是重中之重，需要两头抓，一起向前走。他以身作则，身为校长依然没有脱离教学一线，挤出时间来查阅文献，思考科研路线，具体指导组内硕士、博士研究生的科研工作，为聚烯烃课题组的科研指明了方向，也为课题组学术水平的持续提高做出了不可磨灭的历史性贡献。为此，杨士林几乎每天都工作到深夜。

在杨士林和全体师生的共同努力下，学校逐步走上正轨，发展得越来越好，规模也不断扩大，但教学和科研的用房就显得相对少了。杨士

林亲自参与讨论：哪些房子要多用，哪些要撤并，还要不要造新楼、造多少。为了学校的发展和学生的培养，杨士林绞尽脑汁，在节约经费的前提下尽可能地满足科研教学需求，最后多造了一幢宿舍，并通过对原有教学楼的改、撤、并，基本满足了用房需求。

克勤克俭　俭以养德

杨士林淡泊名利，高风亮节，平时生活中十分节俭，日常出行都是挤公交，即便年过八旬依然坚持。不仅如此，即便是去外地出席活动，杨士林也会选择乘坐更便宜的公共交通。2005年去北京开会，杨士林和他的课题组一起坐火车前往，出了北京站后就主动提出坐地铁去会场。

杨士林的克俭克勤是刻进骨子里的。即便是有更好的条件，他依然会选择最为俭朴的生活方式。1999年去香港参加会议，杨士林和夫人婉言拒绝了会务组提供的更好的住所，坚持住学生宿舍，和其他人一样，不搞特殊待遇。

杨士林敦本务实，生活朴素。每逢过年过节，学生们都会去他家中看望。杨士林曾告诫过他的学生，来看望自己可以，但是不能买东西。有一次学生们只是买了一束花想表达一下心意，也遭到他温和的批评。杨士林平日里的节俭与务实可见一斑。

如今，杨士林先生虽已离我们而去，但他的教诲和品格将永远鼓舞每一位求是人。

■ 廉洁信物

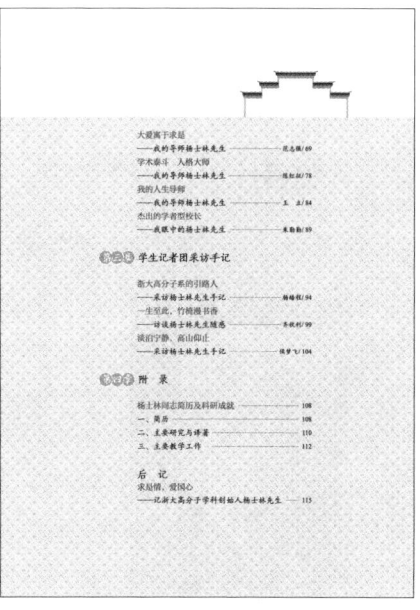

院系资料《杨士林先生传记》

参考文献

浙江大学高分子系编：《杨士林先生传记》，院系资料，2013年。

浙江大学高分子科学与工程学系供稿

邹毅凯执笔

王启东

克己奉公、家风清正的求是楷模

■ 人物名片

王启东（1921—2019），浙江台州黄岩人。著名材料科学家和教育家，中国材料科学与工程学科的开拓者。1943年毕业于浙江大学机械系并留校任助教。1947—1951年，先后获美国斯坦福大学机械系硕士和爱荷华大学机械系博士学位。博士毕业后回到祖国，先后任教于浙江大学机械系和材料系（学院）。1978年创立了中国第一个材料科学与工程学系并担任首任系主任。1978—1984年任浙江大学副校长。曾任第八届全国人大常委会委员、浙江省人大常委会副主任、民盟中央委员、民盟浙江省委会主委、浙江省科协主席。

■ 廉洁箴言

"节约资源，是保护环境。"①

"国家急需科学技术人才，我要有兴国大志，不能辜负了祖国对我的培养。"②

---

① 王宇平：《在王启东先生诞辰一百周年纪念会上的发言》，院系资料，2021年。
② 王启东先生口述回忆录：《回首关山思万千》，院系材料，2011年，第92页。

◾ 廉洁故事

王启东出生于一个爱国知识分子家庭，父亲是我国分析化学学科与化学史学科的创始人、著名教育家王琎先生，母亲为孙多薏女士。年少时的他身处满目疮痍的旧中国，受家庭爱国思想和言行影响，从小立志报国。他继承父辈优良家风，一生无论身处什么职务，始终在工作中勤勉耕耘，廉洁奉公，从未给子女、亲戚谋福利，在生活中对自己、对家人都厉行勤俭节约。王启东的一生不仅培养了大批科技与教育人才，更通过自己的以身作则和高尚的人格魅力，为同事、学生和家人树立了标杆，成为后辈为学为人的楷模！

勤工俭学　学成回国　报效祖国

王启东的青少年时期正逢全国抗战。他立志科技报国，为了求学，他辗转多地从上海交通大学转学到浙江大学，随浙大一路西迁至遵义湄潭。在遵义，王启东和浙大的师生们一起搭建实验室，即使在艰难困苦的条件下，他们仍然在遵义洗马滩上建造了面积达五六亩的实验室以确保教学质量。抗战胜利后，他通过教育部的公费留学招考，前往美国留学。1948年，从美国斯坦福大学毕业后，他获得了爱荷华大学的全额奖学金。校方虽然免除了学费，但生活费等都要靠自己想办法。他一方面省吃俭用，一方面在攻读博士之余通过做餐厅清洁员、实验室助工助教来补贴费用。1951年，从爱荷华大学博士毕业后，他毅然放弃爱荷华大学和美国钢铁公司等单位的高薪聘请，没等拿到毕业证书，就想尽办法冲破美国的禁令封锁，绕道日本、菲律宾，经香港，最终回到祖国怀抱。回国时，面对国内贫乏的物质条件，他没给自己和家人带任何家用电器等美国的先进生活用品，而是用平时积攒下来的生活费带了一台打字机回国，用于学校的工作。这台打字机陪伴了他一生，即便之后电脑普及，他还是把打字机放在旁边的小桌上，常常打字做笔记。

回国后，王启东回到母校浙江大学机械系工作。他以新中国成立初期急需的高校专业和学科建设发展为己任，不畏艰辛，承担了学校的多项艰巨任务，先后创建了铸造和热处理专业，并接下了繁重的课程与实验教学任务。没有教材，他从工资中拿出钱托美国的姐姐、姐夫买英文教材并翻译成中文。他还自学俄语，借助字典一字一句地将俄文教材翻译编写成中文教材。没有教学仪器和实验设备，为了节约开支和加快实验室建设进程，他想方设法带领同事自己设计搭建。王启东利用他在美国学习的热工知识，负责设计冲天炉、电炉和热处理炉等设备。凭借着对祖国的热爱和对学科建设的热情，王启东通过自身的努力，为我国早期机械制造、铸造和冶金产业的发展培养了大批高级专业技术人才，贡献了坚实的浙大力量。

王启东（左四，中间站立者）和同事一起开展先进铸造技术研究

身处逆境　自力更生　默默耕耘

"文革"时期，王启东一家因遭受到不公正的待遇，被迫搬离求是村学校家属院的房子，住到了古荡城乡郊区面积很小的简易房。房子没有厨房，王启东就发扬遵义办学的精神，买来竹竿、油毛毡和沥青自己搭建。房子里的地潮湿得直冒水，他担心家人得关节炎，就带领家人自己做地坪浇上沥青隔潮，自己修理因潮湿而霉变的家具。他的工资被冻结了，生活上变得更加拮据，他就带领爱人和孩子学着养鸡、种菜，学

着自己修补衣服、修自行车。在这非常时期，他常给年幼的子女讲自己赴遵义求学历经的艰险，讲抗日战争中的所见所闻，讲在美留学时的经历，总是鼓励子女要坚强、乐观，对祖国、对未来抱有信心。他常常学习到深夜，房间里的那盏灯成为那个年代黑夜中难得的亮光，以至于成为很多半夜赶路人遇到困难时的求助点和落脚点，而王启东和家人也总是倾力帮助他们。

尽管生活条件艰苦，王启东依然坚持不懈地将精力投入工作和科研当中。有一段时间他被下放到杭州铸造厂工作，每天骑着自行车从古荡到铸造厂要横跨整个杭州城，但他毫无怨言，干劲十足地和工人打成一片。他从工人师傅口中了解到工厂常常将很多废弃的高速钢刀具扔了，觉得非常可惜，便带领师生和技术人员、工人师傅一起刻苦钻研，利用废弃的高速钢刀具再配上一些金属材料炼出可直接铸造成复杂刀具的高速钢。他们把这个高速钢用失蜡法铸造成型后，送到刀具厂磨削加工成铣刀或滚刀。这一方法既可利用废弃刀具作原料，又可节约大量锻打等加工工时，是当时国内一个很实用的新技术。试验成功后，王启东和他带领的研究小组无偿将技术教给好多家工厂使用，帮助他们提高了产量，满足了市场需求，取得了很好的经济效益和社会效益。

王启东（左一）和师生在工厂开展技术创新研究

克己奉公　为校奔忙　无私奉献

"文革"结束后，王启东恢复了在浙大的正常工作。改革开放之初，他在担任浙大副校长（1978—1984年）期间，率先提出要加强学校的国际合作交流，并担任校访问团副团长赴美考察麻省理工学院、斯坦福大学、加州大学伯克利分校等12所著名大学的高等教育培养模式。为了节省经费，在考察团出发前与美国高校的联系过程中，因当时的通信条件比较落后，夜间越洋电话费用便宜，王启东总是深夜11点从浙大玉泉校区骑自行车去杭州城站附近的电信总局打电话。他还兼任访问团翻译。经过王启东的不懈努力，这次访问取得了极大的成功，为浙江大学乃至全国高校办学模式的改进提供了重要指导。访问团用各方面省下来的经费为浙大购买了第一台计算机，也是当时世界上最先进的Cromemco微机。

两袖清风　勤俭治家　家风传承

王启东在浙江省和多所学校的重要岗位担任领导职务，但他一生两袖清风，从未利用自己的职权给子女或亲友谋一点福利。他的儿女因为父亲在"文革"中的不公正遭遇，没有得到很好的受教育机会，在本该求学的年纪到黑龙江等地下乡，但他们从未停止过对求学的渴望。在20世纪70年代末和80年代初，王启东担任浙大副校长期间，有多位国外友人提出让其子女到美国学习，但王先生却认为他们基础不够扎实，甚至都没告诉子女，就把多个留学机会给了他的学生，而把儿女留在了平凡的工作岗位。

王启东不仅在工作中清正廉洁，在日常生活中更是严格要求自己和家人，勤俭节约的点点滴滴数不胜数。他回国时穿的衣服均是西装，因工作需要穿中山装，心灵手巧的妻子张苏澄便把西装改成中山装；使用的锅子锅底坏了，他就换个底再用；高压锅的手柄坏了，就用铁丝绑一下继续使用；儿女们小时候穿过的衣服收藏起来给孙辈们穿；破旧的衣服不舍得扔，就用来制成拖把和抹布。在子女小的时候，他和妻子带孩子们出门时，为了节省公交车费用，就多走一站再乘车，以节约每人3分钱的费用。

王启东妻子用西装为他缝改的中山装

王启东自己修补的铁锅

王启东在20世纪80年代初开创了我国新能源材料储氢材料的研究，生活中他也奉行着节俭低碳的理念。他和妻子在家里很少用空调，为了节约用电，一直用的是一台80年代初自己组装的电风扇。到了冬天，就多穿衣服、多盖被子来保暖。他们夫妻二人盖的是旧式的棉花被，而且被子尺寸比较小，王启东身材高大，冬天用得很勉强。直到晚年有弟子送了他大尺寸的蚕丝被，他才说，这冬天终于睡暖和了，脚不会露到被子外面了。他还一直坚持双面用纸的习惯，把旧信封和只用了一面的纸拿来当草稿纸。在他的言传身教下，他的家人也一直践行着勤俭节约的美德。

落红成泥　泽被后人　风范长存

王启东将一生奉献给了我国的科技和教育事业，耄耋之年的他仍心系国家社会发展，时刻不忘学校建设和学生培养。2017年，他毫无保留地将自己和家人多年积攒的工资无偿赠给学校，成立浙江大学材料科学与工程学院王启东奖学金和助学金，帮助和奖励浙大的优秀学子，激励他们牢记家国责任使命，勤奋学习，奋发图强，报效祖国。在2022

年世界读书日之际，王启东家属遵从先生遗愿，将他生前整理的图书及手稿近千册，无偿捐赠给浙江台州开放大学这所家乡学校，向家乡学子传递爱党爱国、拼搏进取的精神。书香传桑梓，清风启后人！

■ 廉洁信物

1951 年，王启东从美国带回的打字机

参考文献

[1]王宇平：《在王启东先生诞辰一百周年纪念会上的发言》，王启东先生子女——王宇平、王宪聆、王宇舫执笔，院系资料，2021 年。

[2]王启东先生口述回忆录：《回首关山思万千》，院系材料，2011 年。

[3]浙江大学材料科学与工程学院编：《王启东先生百年诞辰纪念集》，院系材料，2021 年。

浙江大学材料科学与工程学院供稿
高明霞执笔

侯虞钧

洁己从公的学科奠基人

■ 人物名片

侯虞钧（1922—2001），福建福州人。著名化学工程专家、化工教育家，中国化工热力学领域的奠基人之一。1945年毕业于浙江大学化工系，浙江大学教授，1997年当选为中国科学院院士。全国人民代表大会代表。他在状态方程、相平衡、溶液热力学等研究领域卓有成就，提出的"马丁－侯状态方程"为世界化学工程的发展做出了重要贡献。

■ 廉洁箴言

"文章传世马丁－侯，德范风行看岱宗。"①

■ 廉洁故事

放弃国外优厚待遇，归国"向科学进军"

侯虞钧出生在福建省福州市的一个化工世家，他的伯父是被聂荣臻元帅称为我国化工界泰斗的侯德榜。受伯父影响，他从小就立志将来要

---

① 2003年汪槱生院士对侯虞钧院士的评价。

投身于中国的化工事业。在重庆的南开中学读书时，他经常利用假期时间到伯父的制碱厂实习。伯父要求他除了掌握理论知识以外，还要将其应用到实践中去，解决实际问题，这为他今后将实践与理论相结合打下了深厚的基础。"民族工业要多接触国外先进技术，才能赶上国际学术前沿"，侯虞钧将此作为终生奋斗的原动力，这使得他从浙江大学毕业后，怀着发展民族科技事业的一腔热情，先后进入美国麻省理工学院、密歇根大学等高等学府深造，并成为新中国成立后首批回国的留学人员。

一门叔侄双院士：1948 年侯虞钧与伯父侯德榜在纽约（左图）/
1973 年侯虞钧和侯德榜在北京讨论学术问题（右图）

1954 年 12 月，侯虞钧获得博士学位，就在他一心想尽快回国施展抱负的时候，美国当局通过法律，阻挠学理、工、医的中国留学生回国效力。他只得在密歇根州立大学任教，默默地等待机会。后来，经过中美政府间的艰苦谈判，美国不得不同意在尊重留学生意愿的基础上放人。1956 年 6 月，侯虞钧谢绝了美国密歇根州立大学的盛情挽留，放弃优越的生活条件，毅然决然辞掉工作，冲破重重阻力回到了向往已久的祖国，投身到刚刚掀起的"向科学进军"的热潮中。回国后的侯虞钧，选择加入了浙江大学，和家人一同住在求是村中很小的房子里。虽然当时国内的条件落后，但是侯虞钧并未在意物质条件的匮乏，书没地方放，那就放在床底，一心投身我国化工科技事业发展。

几十年来，他为了改变祖国科学与工程技术落后的面貌，为了民族的振兴，自尊自强，不畏艰难，求是创新，勇于攀登，取得了累累硕果。1989年，侯虞钧被国务院侨务办公室、中华全国归国华侨联合会授予"全国优秀归侨""侨眷知识分子"光荣称号。

清风峻节心如玉，以身作则育英才

作为一名人民教师，侯虞钧忠于祖国的教育事业。他教书育人、为人师表，治学严谨、诲人不倦，面对工作与生活，他廉洁奉公、品德高尚。

于公于私，侯虞钧向来严肃对待，坚持克己奉公。他对于科研经费的管理十分严格，每次负责整理账目的学生将账目单据送给侯虞钧的时候，他都会仔细核对，搞清楚哪些钱应该用，哪些钱不该用，不枉用国家的一分一毫。侯虞钧在浙大工作时，一直坚持使用一间很小的办公室，作为院士他本可以享受更好的待遇，但他并不计较这些。

在侯虞钧身上有严谨治学的一面，也有不拘小节、淡泊名利的一面。侯虞钧对于写出的任何文字、提出的任何研究设计都认真思考，反复推敲论证，直到满意为止。因此做他的研究生或当他的助手，起初都有点畏难，但时间长了就会觉得受益匪浅。生活中的侯虞钧与人为善，处事淡然。曾有位老师在上海实习时遗失了钱包，工资本就不高，又担着一家老小的生计，因此颇为沮丧。侯虞钧听闻后找到他，对他说这个钱我来帮你解决掉，还开玩笑道，就当这个小偷是偷了我的钱。实习结束后，这位老师想把钱还给侯虞钧，但他没有接受，并且说，我的工资比你高，压力没你这么大。还有一次，友人特意邀请他和学生一起去余姚参观河姆渡遗址。火车上，侯虞钧和学生一起坐很普通的座位，没有卧铺，也没有单间，没有享受特殊的待遇。

侯虞钧有着谦谦君子的品格，严于律己，宽以待人，他的人格就像他毕生投入研究的热力学一样，严格、准确、平衡，长时间发挥作用，体现了一个知识分子追求真理、淡泊名利、热心奉献的优秀品质和精神风范。他以自己全部的心血和精力点燃了知识和道德的火炬，照亮了一代又一代师生攀登科学高峰的道路。

矢志报国担使命，高风亮节守初心

虽然经历过艰难的岁月，但侯虞钧矢志报国之心始终未发生改变。1953 年在美国化学工程师学会旧金山年会上，侯虞钧与马丁（J. J. Martin）共同提出了气体状态方程式，即著名的"马丁－侯状态方程"，受到国内外学术界的重视，并被许多专著和文献引用。

如今，马丁－侯方程已广泛地应用于实际生产的设计和研究中，其应用领域已从化工扩大到制冷工程、物理和军工产品等领域。马丁－侯状态方程的特点是通用性强、准确度高，既有一定的预测性能及理论基础，又有实用价值，是迄今国内外公认的精确的状态方程之一，在我国民用工业和国防科研等领域产生了巨大的经济和社会效益。

1990 年，侯虞钧（中）与研究生讨论"马丁－侯状态方程"

侯虞钧非常关心祖国的建设与发展，时刻想着为国家、为学科、为学校的发展做贡献。在担任全国人大代表和全国政协委员期间，他积极参政议政，表达民意，为国家的科技事业和教育事业献计献策。为了听取朱镕基总理的报告，他抱病赴京参加院士大会。新浙江大学成立后，他多次抱病参加学校和学院建设发展、人才培养和学科建设的研讨会。他在病危期间，还喊着"我要起来，要到学校去"。

侯虞钧一生追求真理，洁己从公，光明磊落，献身于科学。他淡泊名利，把毕生精力奉献给了祖国教育和科学事业，践行热爱科学、热爱教育、忘我工作的献身精神和谦虚谨慎、坦诚待人的高尚品德，为中国化学工程学科的发展、为浙江大学在新世纪的改革和发展，为我国科学教育事业的进步做出了重要的贡献。

■ 廉洁信物

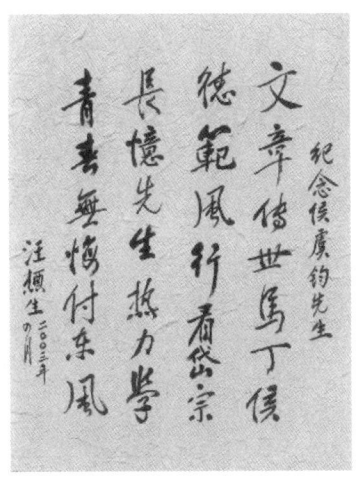

中国工程院院士汪槱生对侯虞钧院士的评价

参考文献

[1] 侯虞钧著：《侯虞钧院士文集》，浙江大学出版社，2005 年。

[2] 秦显韩：《爱国"侯"门的化工接力》，中科院之声微信公众号，https://mp.weixin.qq.com/s/pSywqkWep2Ug3j9YgziP8Q，2022 年 8 月 5 日。

[3] 侯虞钧院士研究生、浙大化工学院退休教师胡望明访谈口述，访谈时间：2022 年 6 月 28 日。

[4] 侯虞钧院士研究生、浙大化工学院陈新志教授访谈口述，访谈时间：2022 年 4 月 18 日。

浙江大学化学工程与生物工程学院供稿

吴堂寅、唐韵琦执笔

何志均

情系家国　惠风和畅

■ 人物名片

 何志均（1923—2016），上海人。中国共产党党员。著名科学家和教育家，中国计算机科学界的一代宗师，人工智能和专家系统研究的开拓者和创业者。从教逾60年，先后创建了浙江大学无线电系和计算机系，培养了数以千计的电子学和计算机高级人才，为中国人工智能、计算机图形学、计算机辅助设计诸学科的创立和发展做出了开创性贡献。

■ 廉洁箴言

"我们过惯了老百姓的平常生活，我们两人的退休工资足以支付两人的日常开支。因此，我们打算把我们的积蓄留下一小部分留作急用之外，其余回报社会。"①

---

① 浙江省云惠公益基金会理事会：《仁人云集　惠风和畅——何志均老师创立浙江省云惠公益基金会记事》，收入《何志均老师纪念文集》编委会编：《何志均老师纪念文集》，浙江大学出版社，2018年，第168页。

■ 廉洁故事

何志均一生两袖清风、一心为公。在浙江大学计算机系建立初期，他节省出国访问的补贴费用，为计算机系购买更先进的教学设备；在计算机系执教多年，不为名，不图利，总是把自己应得的酬劳排在最后。此外，他终身致力于公益事业，与夫人薛艳庄共创"浙江省云惠公益基金会"，将毕生积蓄回馈社会，展现出廉洁本色下的家国情怀。

特殊的"节流"：购置最新教学设备

改革开放之初，浙江大学计算机系刚刚建立，可供使用的高端设备严重不足。据1978级研究生潘云鹤（后任浙江大学校长、中国工程院常务副院长）回忆，"同学们要编程，得坐几个小时的车，到那些配备了可供上机的计算机的单位去"。当时国内生产的计算机和国外生产的普及型微机只能配备到Basic语言，而在国外计算机科学强校，学生的第一课已经从高档Cromemco机的Pascal语言开始了。

1979年，时任系主任的何志均随浙江大学代表团第一次访美。甫至美国，代表团就感受到计算机在美国社会信息化中扮演的重要角色。于是，浙大代表团当即决定节省住宿伙食费用以购买高端微机，为计算机系的科研发展增添"利器"。何志均回忆说："我们发现吃饭几乎都有接待，一路考察下来，伙食津贴越省越多，可以购买的计算机也越来越高级，真是高兴坏了。"代表团到结束访问的最后一站洛杉矶时，已节余近1万美元，最终买下当时8位微机中最高档的Cromemco机。

这台Cromemco微机可以使用UNIX系统，运行当时最先进的C语言，全国仅清华大学有一台。这台计算机来到浙大后，可供系里研究生24小时轮流使用，解决了第一批研究生写硕士论文的上机需要。值得一提的是，潘云鹤院士的硕士学位论文——惊动了中国新生的人工智能学界的美术图案设计系统，原型就是在这台机器上完成的。

1979 年，何志均（右一）随浙大访问团出访美国

据何志均的夫人薛艳庄（原杭州大学党委书记、校长）回忆，改革开放之初，虽然"夫妇两人的工资每月仅为 140 元人民币"，但面对丰厚的访问补贴，何志均仍然选择将其节省下来，将这笔"巨款"购买高端设备以供学科发展，可见其"两袖清风，一心为公"的清廉本色。

何志均还曾将这种特殊的"节流"方法传授给自己的学生。1987年，他的学生童雪君、杨涛的论文均被人工智能世界顶级会议——国际人工智能联合会（International Joint Conference on Artificial Intelligence，简称IJCAI）录用，且二人受邀担任小组论坛的主席。经教委审批后，何志均带领两名学生一同前往意大利米兰参会。据童雪君回忆，临行前，"何老师让我们自带了很多方便面、压缩饼干，以便把教委发的每日生活费省下来"，在会议的最后一天，"发现何老师用省下来的生活费买了大会的论文集和其他一些计算机设备"，以"让更多的学生能够了解到最新的前沿科学，计算机设备也大大提高了学生们的科研效率"，心中无比敬佩。

不为名、不图利：何志均的人生观

浙江大学计算机系刚刚创建时设立在之江校区，因条件有限，只能使用学生宿舍作为实验室。此时何志均虽已为系主任，家在玉泉本部，却坚持和学生们同住被称作"平舍"的学生宿舍，同吃食堂。这种俭朴的生活习惯，何志均一直保持着。据其学生杨涛、曹学军、王卫宁回忆，多年后何志均在美国考察交流时，为给浙江大学计算机系节省差旅开支，"不住酒店，挤在我们的研究生公寓里"。

据何志均学生杨小虎（现为浙大计算机学院研究员、博导）描述，何志均"主持过的课题、项目不知多少，分配津贴报酬，他总是说，给在科研一线的同志多一些，给年轻老师多一些，给研究生们多一些"。本为自己应得的酬劳，他总是排在最后。2000年起，浙江大学计算机系与美国道富公司合作，成立了浙江大学道富技术研究中心，开展大规模国际化产学研合作。道富技术中心刚成立时，因为经费有限，何志均决定把科研经费中的劳务费都发给学生，教师不发；并强调一定要让参与项目的同学有好的经济收入，这一方面是让他们能安心工作，另一方面是对他们辛勤工作的合理回报。

不仅"不图利"，何志均把"名"也看得很淡。据浙大原计算机学院与软件学院党委书记汪益民等老同事回忆，何志均指导学生完成论著，自己的名字从来都署在后面；他生病住院，从不愿沾夫人薛艳庄的光，都是住普通病房。20世纪90年代初，有报刊记者登门拜访，希望撰写他创建和发展计算机前沿学科的事迹的相关报道。何志均推辞了，并告诉记者可以找其学生张德馨"了解有关战时浙江省立联合高中校长、爱国教育家张印通的事迹，再不写就将失传了"。

公益基金：廉洁本色与家国情怀

"两袖清风不言贫"的何志均，终身致力于各项公益事业。据其夫人薛艳庄回忆，有一次何志均在《钱江晚报》上看到一位外来务工者生重病无钱治疗，就自己走到报社，留下2000元钱。2003年，何志均发起成立了"浙江大学计算机学院与软件学院何志均教育基金"（以下简称何志均教育基金），以学生奖（助）学金的形式，有组织、有重点地在浙江大学计算机学院与软件学院奖励德智体全面发展的优秀学生，资助品学兼优的贫困学生完成学业。截至 2022 年，何志均教育基金已奖励、资助学生 190 余人。

2015 年 7 月，何志均与夫人薛艳庄拿出毕生积蓄 500 万元，发起成立了"浙江省云惠公益基金会"。提及基金会建立的初衷，何志均称自己和夫人过惯了老百姓平常的生活，两人的退休金足以支付日常开支，因此打算把积蓄留下一小部分作为急用之外，其余全部回报社会。"云惠公益基金"用以帮扶"城市建设者"，其中也蕴含着何志均的家国情怀。他说："改革开放，国家富强，外来务工人员是一支重要的力量，他们做最苦最累最脏的活，拿着很低的待遇。解决这些贫困家庭的问题，要靠各级政府的努力，也需要社会各界人士的关心和关怀。"因此，"云惠公益基金"开设了"云惠励志成长奖学金""云惠成长助学项目"等子项目，不仅在物质上对外来务工人员子女予以帮扶，还不定期开展各类公益活动，尽可能减轻生活贫困对他们带来的不利影响，以期把他们培养成对社会更有价值的人，能用同样的方式回报其他需要关怀

何志均、薛艳庄夫妇（前排左一、左二）与受助人合影

的人们。自 2015 年以来，奖助学项目资助总人数近 2000 人，资助金额 600 余万元。

尽管何志均和夫人薛艳庄是基金会的发起人，但二人坚持不以两人的姓名命名。"云惠"二字，包含了两人共同的希冀："云"，希望越来越多的人参与到基金会之中，将基金会做大、做强；"惠"，希望能够帮助更多的人，包括在医疗、生活、学业等各个方面都能提供资助。"云惠"意为"仁人云集，惠风和畅"，希望基金会的一切善款都能用到真真实实的善事上，为社会做出更大的贡献。

廉洁信物

"浙江省云惠公益基金会"铭牌

参考文献

[1] 曾福泉：《何志均：浙大老教授的家国情怀》，《浙江日报》，2015年 9 月 25 日，第 17 版。

[2]《何志均老师纪念文集》编委会编：《何志均老师纪念文集》，浙江大学出版社，2018 年。

[3]浙江大学计算机科学与技术学院编:《浙江大学计算机学院30周年纪念文集》,院系资料,2008年。

浙江大学计算机科学与技术学院供稿

学院宣传团队执笔

陈宜张

克勤于邦　克俭于家

■　**人物名片**

陈宜张，1927 年生，浙江慈溪人。中国共产党党员。神经生理学家，中国科学院院士。1952 年毕业于浙江大学医学院。曾任浙江大学医学院院长、中国生理学会副理事长、中国神经科学学会副理事长、全军医科会生理病理专业委员会主任委员、《中国神经科学杂志》常务主编、《生理学报》副主编。1996 年被解放军总后勤部授予"科学技术一代名师"称号。

■　**廉洁箴言**

"尽管金额不大，但确实是我平时省吃俭用攒下来的，一定要把钱给到品学兼优的孩子手中。①

■　**廉洁故事**

陈宜张院士 90 载遍尝人间百味，60 年倾注科学结晶，一心为了祖国和人民的医疗事业，甘于奉献。他的人生历程生动反映了近现代中国

① 冯春梅、肖鑫：《"抠门儿"院士陈宜张》，《人民日报》，2014 年 9 月 14 日，第 6 版。

科技与教育事业的进展，同时也将自己的成长融于国家科教事业发展之中。

他克己奉公，守正扬清，谦虚低调，务实谨慎。已有60余年党龄的他，始终保持科学家风骨和老共产党员本色。

几经辗转，不舍"旧家当"

《人民日报》曾有一篇文章《"抠门儿"院士陈宜张》专门报道陈宜张的节俭，文中说："在工作上一向精益求精、严格要求的陈宜张，在生活上却节俭质朴得近乎苛刻。至今，他身上仍穿着领子洗得发白的03式军装衬衣、补了又补的旧制式皮鞋和那泛黄的旧挎包。他用纸张一律写满双面才肯丢掉，还常常积攒火车票和各种商标纸，用其背面作为便签来记录……"

陈宜张工作照

陈宜张极为"恋旧"，用艰苦朴素这四个字来形容他的生活最适合不过了。来浙大医学院上任后，学校在湖滨校区（原浙江医科大学校址）附近给陈宜张安排了一套两室一厅一卫的老旧住房，并简单配置了部分家具。本想等他来后再去买些锅碗瓢盆之类，没想到他从上海带来了一只被煤烟熏得黑乎乎的铝锅，一把生了锈的菜刀，一块陈旧的砧板……学院提出提供全新的厨具，但被陈宜张拒绝了，他认为东西可以用就行了，不在乎新旧。这就是他坚守的真实、俭朴的生活。陈宜张"恋旧"的表现，也体现在他上海的家里——客厅里、阳台上摆着不少的旧家具，新旧混搭，在崇尚"管用不管看"生活理念的陈宜张眼中却显得十分和谐。

勤俭节约是中华民族的传统美德，剩菜剩饭也不浪费是很多老一辈的生活习惯，陈宜张就是剩菜剩饭不浪费的典型。他会带着在上海没吃完的饭菜乘坐火车、汽车来杭州再吃，在杭州没吃完的饭菜也要打包回上海继续发挥作用。如此俭朴随意的日常生活习惯，与陈宜张在科学研究方面的认真严谨形成了鲜明的对比。

"取一文，我为人不值一文"

生活上，陈宜张不仅极其俭朴、厉行节约，而且公私分明。他以"工资足够开销"为由，建议取消每月发放给他的院士津贴；他认为自己"吃得饱、穿得暖、钱够花"，坚决不收受任何慰问金。

在陈宜张心里，国家和军队利益永远高于一切。2003年，陈宜张牵头申报的国家"973"项目"单分子可视见研究"获批立项。科技部启动了"学科前沿交叉项目基金"，用于资助他和科研团队。当时，陈宜张承担的另一"973"项目"脑功能研究"还未结题。他深感自己没有精力同时完成两个"973"项目。当拿到下拨基金后，他立即打报告，主动要求全额退还给科技部，并毅然决然地表态："既然不能全身心参与国家项目，就没资格花国家一分钱。"

陈宜张不仅对待重大科研项目如此，在日常生活中也十分清正廉洁。有一年，陈宜张提出双休日想去桐庐富春江的严子陵钓台走走看看，医学院党政办公室的负责人吴弘萍老师是桐庐人，故提出陪同前往。中午用餐完毕后，陈宜张坚持午餐费用由他支付。吴弘萍是熟知陈宜张脾性的，只能同意由陈宜张支付餐费。这样一来，陈宜张才吃得落胃心安。

助学纾困，一掷千金

尽管陈宜张在个人生活上"精打细算"，但对于国家和需要帮助的困难学生，他却"一掷千金"。陈宜张来到浙大医学院任院长不久，就透露出捐赠的心迹，经过慎重考虑，决定尽绵薄之力，与妻子徐仁宝捐资设立奖学金，以感恩母校的培养，奖学金取名"徐仁宝-陈宜张奖学金"（以下简称奖学金）。2000年2月，陈宜张夫妇首次捐资30万人民币，设立奖学金；2009年1月，再次捐赠20万元人民币，扩充奖学金；为了能让更多的医学生受益，2009年10月，又捐赠50万人民币，进一步扩充奖学金。3次捐款共计100万人民币，加上学校的配比，以及未分配使用的利息，目前奖学金的本金达到了200万元。奖学金设立之初，每年1万元奖励2名家境贫寒但品学兼优的本科生，现在每年近5万元奖励本科生和研究生。因为陈宜张认为，只有医疗系统有技术、医学人才有本领，国家医疗卫生事业才能牢牢地掌握在中国人自己手里。

陈宜张和妻子徐仁宝

陈宜张、徐仁宝教授作为浙大医学院首届毕业生、校友，他们设立奖学金可以说是树高千尺不忘根。陈宜张就像是一粒种子，发芽、扎根、开花、结果都离不开土壤。土壤是祖国、是战友、是他的工作、是他的学生，是他生活的这个集体。任何时候，他都把双脚牢牢地踏在这片土地上。

在担任医学院院长期间，陈宜张一心为公，深入基层考察，了解一线需求，在他的建议下，浙大医学院选拔任用了一批政治和业务能力过硬的干部，推动学院在学科建设、人才培养和科学研究方面的改革发展。

陈宜张把对事业的痴情追求、对工作的一丝不苟扎扎实实地融入自己的行动，默默无闻、一步一个脚印地朝前走去。生命的伟大来自人的伟大，人的挺拔脊梁来自一种信念，而信念，支撑着这个科学家一生的追求。

"非聪明理达不可任也，非廉洁淳良不可信也。"陈宜张身上所展现的是一名真正科学家的追求、本色和风骨，为这个快速转型的社会和价值多元多变的时代，带来了一阵新风、一股正气。要实现中国梦、强军梦，三尺讲台呼唤更多像陈宜张这样的科学家出现。

廉洁信物

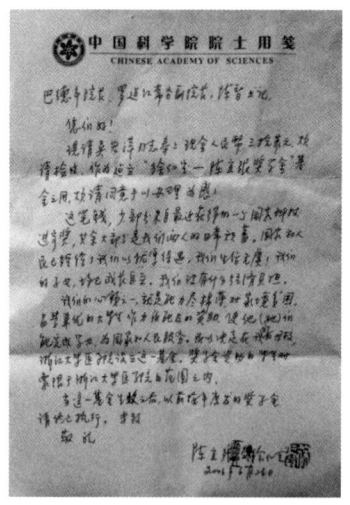

陈宜张捐赠奖学金手稿

参考文献

[1]冯春梅、肖鑫：《"抠门儿"院士陈宜张》，《人民日报》，2014年9月14日，第6版。

[2]肖鑫、王泽锋、俞治：《陈宜张的铮铮风骨》，《光明日报》，2016年7月28日，第5版。

浙江大学医学院供稿

富祯祯执笔

陶祥洛

无欲无求　苍生大医

■ 人物名片

陶祥洛（1927—2013），浙江武义人。1955年毕业于浙江医学院（浙江大学医学院前身）。中国第一代神经外科专家，浙江大学医学院附属第二医院原副院长，浙江省神经外科创始人之一。中华医学会神经外科学分会委员，浙江省医学会神经外科分会的首任主任委员。历任第六、七、八届全国政协委员。1989年被贵州省人民政府授予"扶贫先进个人"称号，1993年被中央统战部、国家民委授予"全国智力支边科技扶贫先进个人"。

■ 廉洁箴言

"陶老是患者与服务对象至上的终生践行者，他拼搏进取，清贫自守，朝着一流的目标奋进的精神，是所有医护人员学习的楷模。"①

■ 廉洁故事

唐代医学家孙思邈的《大医精诚》一书中这样给医者定义："凡大

①　陶祥洛的同事对他的评价。

医治病，必当安神定志，无欲无求，先发大慈恻隐之心，誓愿普救含灵之苦……勿避险巇、昼夜、寒暑、饥渴、疲劳，一心赴救，无作功夫形迹之心。如此可为苍生大医。"陶祥洛心怀大爱，将仁者之心，洒遍数十载的行医路；他一生谦逊求索，用毕生光阴，诠释大医精诚。

筚路蓝缕创建神经外科

浙江武义柳城镇那时还属宣平县，陶祥洛 1927 年出生于斯，家境并不宽裕。他从小看着母亲饱受身体疾病的摧折，遂下定决心日后从医。这个争气的孩子后来考上了浙江大学医学院，并以优异成绩毕业。1955 年，陶祥洛从医学院毕业，分配到了浙大二院外科。

1956 年，为填补浙江省神经外科的空白，陶祥洛受医院委托前往天津总医院脑外科学习。经过一段时间的学习，陶祥洛回到杭州，之后于 1957 年 12 月在浙大二院正式成立了浙江省首个脑外科专科。自此，陶祥洛刻苦钻研神经外科相关知识，孜孜以求，终身不辍，为浙大二院和浙江省的神经外科发展付出了毕生心血。

1958 年之后，脑外科慢慢发展起来，床位从原先只有 8 张且与胸外科合用增加到了 20 多张，人员也逐渐增加。浙大二院脑外科的建立，就省级医院来说，当时全国也不多，一时间，省内乃至全国的脑外科重症病人都被送到这里就医。同时，陶祥洛常常出差会诊，走遍了全省的县市、厂矿医院，挽救了大量患者的生命。有一次，他在去外县会诊途中发生了车祸，但他仍辗转来到当地医院为病人做完了手术。待病人情况稳定后，他返回医院，才发现肋部疼痛剧烈，原来两根肋骨在车祸时骨折了。人们惊叹于到底是什么样的精神和信念支撑着他完成了病人的救治工作。时至今日，可以道一句，从医数十年，陶祥洛始终是救死扶伤、全心全意为人民服务的坚定践行者。

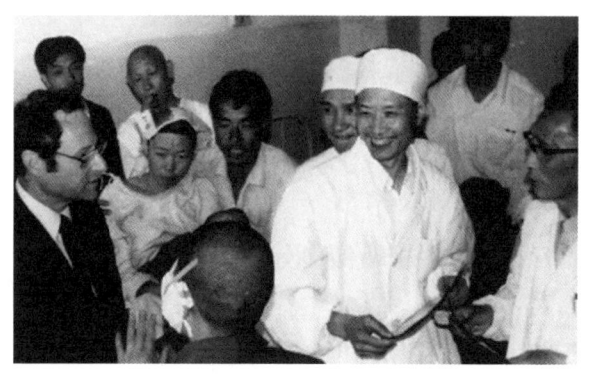

陶祥洛（右三）每次查房都会被病人团团围住

随着手术成功率越来越高，各家报纸争相报道，更多的脑外科疾病，脑瘤、脑血管问题统统都压了过来。陶祥洛为病人先后进行了浙江第一例动静脉畸形切除术，浙江第一例动脉瘤夹闭术，浙江第一例颅内－颅外动脉吻合术，浙江第一例经口－鼻－蝶显微手术摘除垂体瘤……

如今，浙大二院神经外科是全国著名的神经外科，是浙江省神经外科毫无争议的医疗、教学和科研中心，拥有浙江省神经系统疾病临床医学研究中心、浙江省医学重点学科、浙江省中医药局重点学科、浙江省医学创新学科等。这一切，都凝聚了陶祥洛毕生的心血。

从未坐过名医馆的名医

从创办神经外科直到逝世，陶祥洛没有离开过临床一线。陶祥洛的弟子、浙大二院神经外科主任张建民说，陶老师没有手机，但是人们总能找得到他。他不在家里，就在医院；如果都不在，那就在图书馆。他一心只为病人，全然不顾自己。住在马市街的他常常因为夜间接到急诊电话，从棉被中钻出来匆匆赶到医院救治病人，简直比消防队员接到火警还要十万火急。在他看来，慢一秒钟，脑伤病人就有可能出现生命危险。每一次他都在跟时间赛跑。

1991 年，陶祥洛教授已经 64 岁，这个年龄站上手术台已实属不易，而且他一站就要站十来个小时。当年，有台癫痫手术长达 8 小时，平时陶祥洛都尽量憋尿，不上或者少上厕所，可是那一回他实在憋不住，急急忙忙赶到厕所，结果解出来全是血尿，把所有人都吓了一跳。经检查，陶祥洛被诊断为膀胱癌。其实那天清晨他已经发现了血尿，但是考虑到已经安排的手术，一向以患者为中心的陶祥洛仍然坚持着上了手术台。

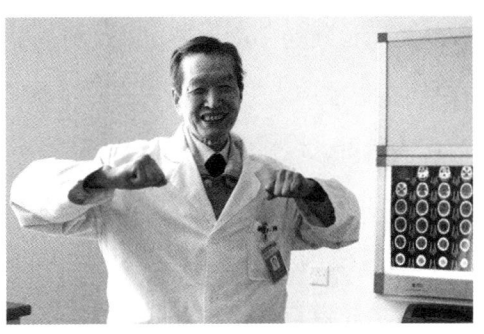

80 岁的陶祥洛仍在门诊坐诊

在经过治疗病情有所好转，准备回医院上班的时候，陶祥洛又经历了胃癌的打击，但他依靠坚定的信念和顽强的毅力一次又一次地挺了过来，并一直奋斗在临床一线岗位上。70 岁以后，他仍在为病人做手术。80 岁以后，他还每周查房、坐诊，为年轻医生讲课。而作为在全国都享有盛誉的神经外科医生，陶祥洛却从来不进名医馆坐诊，因为他觉得名医馆的挂号费太贵了，会给病人增加负担。在膀胱癌治疗手术后，浙大二院院方与陶祥洛达成协议，他不再给病人动手术，只看专家门诊。他刚开始还遵守"协议"，给病人看专家门诊。很快地，他就给病人看起普通门诊来。他认为 10 元钱一个的专家门诊号，对病人来说还是太贵了，他愿意病人只挂 2 角钱的普通号来找他看病。病人来晚了，要加号，他总是点头同意，不管是否错过饭点。他每天的门诊量远远超过一般医生的工作量。

他写的病历不是"天书"

即使到了 80 多岁的高龄，陶祥洛仍然作为医院的特聘专家而忙碌着，坚持着每周门诊及隔周为年轻医生做教学查房等工作。年纪虽大，但他的思维还很严密、清晰，对工作和教学身体力行，从不懈怠。每次教学查房前，他都会仔细了解病人的病情，一丝不苟。学生们回忆说，陶祥洛把他们的毕业论文拿回去看，批改得非常认真，连英文注释都要检查。他给病人在病历上诊断的字迹也是一笔一画写得很清楚。陶祥洛曾这样说过："我给病人记录病历喜欢把字写得工工整整，人人都能懂，因为我觉得这是对病人负责，以后哪怕他不在我这里看，找别的医生也能看懂。"这也是他对学生们提出的做医生的基本要求。

家住钱塘区的马利萍家中一直收藏着一本女儿的病历本，与户口本、房产证等重要物件一起保存着，里面有 2 页特别的病历记录，是当时已 82 岁高龄的陶祥洛教授记录的。马利萍感叹："从我识字起，我见过的医生写的病历基本都是'天书'，可这位老医生的字不一样，一笔一画，工工整整，字与字之间间隔匀称，这病历记录彻底颠覆了我对医生写字的认知。"

2009 年末，马利萍未满 4 岁的女儿从阁楼楼梯上摔下来，送到医院检查结果为：颅内出血，颅骨骨折。住院保守治疗一段时间后，回家还得每天打针。马利萍和丈夫不忍看着女儿受苦，四方打听到浙二的陶祥洛老专家，便挂了他的号。

10 余年过去，马利萍对当时的场景仍然记忆犹新。陶祥洛没有借助任何仪器，耐心地跟她的女儿聊天，还做起了游戏。他竖着一根手指由慢到快地移动，让孩子盯着他的手指看，又让孩子学他在口腔内卷起舌头。孩子年龄小，不懂配合，陶祥洛还是温和细致地一遍遍演示着。做完这些，他一边在病历上记录，一边指导学生。在他跟学生交流的过程中，马利萍知道女儿的病情已经无大碍了，但陶祥洛还是仔仔细细向她再讲了一遍。当知道他们在其他医院还配了15天的针要打时，陶祥洛摇着头说不要打了，这么小的孩子，别受罪了。陶祥洛非常清楚，这种药价格很贵，要200多元一针，他跟马利萍说，把这些药拿去医院退掉，告诉那位医生，就说是他说的。后来，马利萍每次看到陶祥洛记录得工工整整的病历，都倍感温暖。

"两副面孔"的医生

陶祥洛生活上力求简朴，他与妻子从20世纪70年代起便住在马市街一套不到60平方米的公寓里，这是医院当初分配给他的住房，4楼，没有电梯。陶祥洛每日就走上走下，权当是锻炼。数十年来，陶祥洛住在陈旧的公寓里，悉心照顾体质虚弱的妻子，抚养3个儿子，从没有向学校、医院要求过物质待遇和任何帮助。面对领导、同事们的关心，他总是说："生活干吗要搞得那么复杂，简单就行。"孩子们一个个地长大，如同雏鸟羽翼丰满，展翅而飞，只剩下两位老人依然守在这小小的房子里。陶祥洛把每一个病人都照料得妥妥当当，而年迈的妻子患胃癌做手术，他却没有跟同事和学生们提起，全靠他自己照顾。每天早上，他还提着菜篮子上市场买菜。

陶祥洛生前居所

尽管生活这般勤俭，陶祥洛却从来没有收过病人家属的一个红包。他的学生们都很了解他的为人。有一次手术前，病人家属赶到陶祥洛办公室，要塞好处费给他；甚至打听到他的住处，赶去他家门口敲门。可是陶祥洛总是这样一句话："明天还要不要动手术？要做手术的话就赶紧回去！"病人家属没有办法，只好作罢。有一次，因为实在拗不过一位病人家属的好意，科室里的医护人员吃了他们送来的蜜橘，陶祥洛得知后，按照蜜橘的市场价格把钱退还给病人家属。陶祥洛的小儿子陶志平回忆说："父亲给病人看病时总是温和的，一旦病人为了感谢他而送来礼品的时候，他马上就板起脸孔来。"

浙江省医学会名誉会长张承烈在得知陶祥洛逝世的消息后写了一篇缅怀他的文章，文中记述了与他共事期间亲眼所见的几件事情。张承烈对陶老的为人、医德、医术都深有感触和印象，在文末特意写了三句话来总结他的一生：

为医者人道博爱治病救人

为师者教书育人桃李芬芳

为人者正直诚恳淡泊清廉

■ 廉洁信物

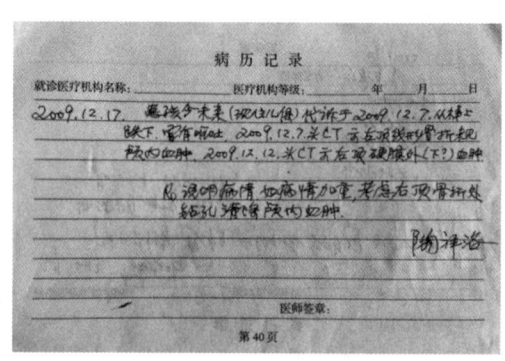

马利萍收藏的陶祥洛手写病历

参考文献

[1] 王建安主编：《相信——广济传人：38 位名医逸事》，红旗出版社，2014 年。

[2] 孙思邈著：《备急千金要方》，山西科学技术出版社，2020 年。

[3] 马利萍：《想念陶祥洛医生》，《都市快报》，2022 年 4 月 6 日，第 A11 版。

浙江大学医学院附属第二医院供稿

杨颖、王琳妤执笔

西迁路上的浙大数学人

以清廉铸大学之魂

■ 集体简介

　　1937年抗日战争全面爆发，浙大举校西迁，以陈建功、苏步青、章用等先生为代表的浙大数学人毅然踏上了西迁办学之路。纷飞的战火、困苦的环境都不能磨灭浙大数学人为教为学的昂扬斗志，大家坚守初心、清廉治学、刻苦钻研，谱写了一个个动人的廉洁从教故事，做出了一系列卓越的科研成果。

■ 廉洁箴言

　　"冷板凳浮沧海外，菜根香透旧斋中，回首思无穷。"[1]

　　"她在外系教数学，讲师就够了，把提职名额让给别人吧。"[2]

　　"我在做谷先生的学生时，论文题目的确定和具体做法都是谷先生一手指导的，但他从来不在论文上署名。""选择做教师，就是选择了责任和奉献。"[3]

　　"炸弹临头亦须上课，黑板可挂在我的胸前。""予不怕死，设须走避，予为诸同学殿。""诚所谓士志于学，而不计恶衣恶食者也。"[4]

---

① 苏步青著：《数与诗的交融》，百花文艺出版社，2000年，第44页。
② 韩扬眉：《陈建功：中国现代数学的拓荒人》，《中国科学报》，2019年10月18日，第4版。
③ 彭德倩：《星迹——记谷超豪先生》，《解放日报》2012年6月25日，第5版。
④ 钱永红：《章用——英年早逝的旷世奇才》，《湘潮》，2011年第3期。

▪ 廉洁故事

在英国皇家学会会员、中科院外籍院士李约瑟博士的笔下，"遵义之东 75 公里的湄潭，是浙江大学科学活动的中心。在那里，……有世界第一流的数学家陈建功、苏步青教授……还有一个杰出的数学研究所……他们是中国科学事业的希望。"而在这欣欣向荣场景的背后，是辗转跋涉 5000 里的浙大文军西迁路。1937 年，抗日战争全面爆发后，浙江大学未被列入国民政府的特别关注单位，没能很快搬迁到比较安全的战略大后方，也没有中央财政专项拨款支持，办学财力、物力支持都十分有限。但时局的残酷、物质上的困顿并未击垮浙大人对真理的追求，师生们在竺可桢校长的带领下，靠自己的努力走出了一条求是创新之路，赢得了"东方剑桥"和"民主堡垒"的美誉。而浙大数学人正是其中极为重要的力量，他们用淡泊名利、刚正不阿、一心为公的精神践行了自己的廉洁初心，让伟大的西迁之路清风正气长存。

穿着几何补丁衣的"种菜"教授

抗日战争全面爆发后，苏步青断然拒绝了日本东北帝国大学待遇优厚的教职，在经费不足、工资缩减的情况下，仍毅然选择跟随浙大西迁。随着战事吃紧，后方经济日益衰退，物价飞涨，大学老师微薄的工资根本不足以支撑家人温饱，有人走上了"弃学经商"的道路。家中人口众多的苏步青却未被社会上的风气影响，安贫乐道、从不抱怨。为了糊口，他便自己在朝贺寺前开荒种地，一家八口身居破庙，以番薯干蘸盐水果腹，偶尔多余的青菜则给学生加餐或送到菜馆帮补生活。他的儿子因为只吃过番薯干蘸盐巴，而以为糖是咸的。一天，竺可桢校长到苏步青家拜访，见全家无米无油，问苏步青读附中的儿子喜欢吃什么荤菜。其子认真地回答说，除了死人和蛔虫，什么荤菜都喜欢吃。竺可桢校长听罢一阵心酸，忍不住潸然泪下。

早起种地、白天教学、撰写教案和论文到深夜，在这样清贫而辛劳的生活环境下，苏步青仍是苦中作乐。在他女儿的描述中，"爸爸总是那么精神，那么乐观，那么坚定不移，爱学生胜过爱自己"。透过他打满补丁的衣服，学生们看到的是几何图形和螺旋曲线样样俱全。他却在学生需要的时候，毫不犹豫地掏出近半个月的工资予以资助。"只问是非、不计利害"，菜田地里

在湄潭时的苏步青一家

是苏先生对名利和享乐的弃若敝屣，补丁衣里是苏先生对真理和知识的无尽追求。

桐油灯下求真理的"黑脸"教授

浙大师生在经过无数艰难困苦辗转来到湄潭之后，住的都是破庙木房，没有自来水，也没有电，晚上只有在豆大的桐油灯下学习和研究，几个小时下来，往往是一脸黑烟。长夜孤灯、三根灯草、一张"黑脸"，是那时浙大数学系师生的学习研究常态。就是在这样的条件之下，浙大数学人从未有一刻放松对学术的要求，即使战火来袭时，也要抱上书本到山洞里继续讨论和研究。秉持这样一丝不苟的学术态度，全系师生风雨同舟、奋发图强，面向世界数学前沿潜心钻研、勤勉治学。浙大数学研究所在湄潭的近6年中，共完成百余篇论文，均刊登在高级别的中外学术刊物上。

陈建功的夫人朱良璧女士与他共同经历了艰苦奋斗的西迁之路，还在数学顶尖期刊美国《数学年刊》上发表了文章，同期发文的还有爱因

斯坦和陈省身等学术大家。而后来陈建功兼任杭大教师升等委员会主席，领导学校教师职称评审工作，主张以学术水平为唯一标准，使教师升等真正成为激励教师奋发向上的良性机制。为避嫌，在朱良璧升职一事上，陈建功把夫人"雪藏"了。他说："她在外系教数学，

1939 年，浙大数学系教授合影于广西宜山文庙
（左二为陈建功）

讲师就够了，把升职名额让给别人吧。"朱良璧便始终坚持作为一名普通讲师教书育人，没有过一句抱怨，把自己的一生奉献给了祖国的科研和教育事业。就如同她和陈先生家中外门斑驳破旧的老冰箱，夫妻俩过着简单而纯粹的一生。

另一位西迁路上的浙大数学人谷超豪则是对学生的学术成果十分尊重，对自己的署名问题十分慎重。除非他的个人研究占到科研过程的一半以上，或者做了非常实质性的工作，否则坚决不署名。曾有学生主动把谷超豪的名字加入论文，被他知道后，坚决拿下了。

从不求教授之名，到不图论文署名，浙大数学人用自己的行动践行了廉洁从教的内涵，严谨治学，杜绝急功近利的学术浮躁之风。

把黑板挂在胸前的"拼命"教授

提到浙大西迁，不得不提的一定是教育家章士钊之子章用。1937年秋，浙江大学准备西迁，转任浙大数学系教授的章用坐火车由上海来杭州，途中 8 架日军飞机在松江站连续投弹，他在车中卧伏不动，手里紧紧抱着从数学家俞大维那里借来的一部 1607 年版《几何原本》。8 节

车厢仅 2 节未被炸毁，其中便包括章用所在的那节。从护书到护学，作为曾经"饭来张口、衣来伸手"的富家公子，患有肺病的章用义无反顾地跟随浙大西迁，挑着行李与学生一道跋山涉水，过着室无窗、地无板、食粝粢的艰苦日子。在建德时，有一次学生问章用："警报响了，老百姓都躲飞机去了，还上课吗？"章用答道："怎么不上课？""那么，黑板挂在哪里？""可挂在我的胸前！"浙大随后再迁至江西吉安、泰和，1938 年 9 月抵达广西宜山。在宜山时，日机空袭警报频仍，章用课上非常镇静，告诉学生："予不怕死，设须走避，予为诸同学殿。"次年，章用便因肺病恶化而病故。临终前，他将 9 箱藏书悉数捐赠给浙江大学。在战火纷飞的年代，章用的心中却只有学生和教学，他满腔热血、一心为公，用生命谱写了浙大数学人西迁路上廉洁从教的华章。

■ 廉洁信物

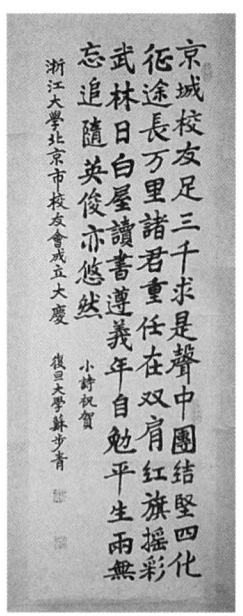

苏步青赠浙江大学北京校友会题词

参考文献

[1]中国人民政治协商会议湄潭县委员会编，喻朝碧、曹裕强著：《永远的大学精神——浙大西迁办学纪实》，贵州人民出版社，2006 年。

[2]韩扬眉：《陈建功：中国现代数学的拓荒人》，《中国科学报》，2019 年 10 月 18 日，第 4 版。

[3]何冬健、柯溢能：《一家两院士三代数学家　这位女数学家何以成传奇？》，《浙江新闻》客户端，https://zj.zjol.com.cn/news.html?id=1765119，2021 年 11 月 24 日。

[4]彭德倩：《星迹——记谷超豪先生》，《解放日报》，2012 年 6 月 25 日，第 5 版。

[5]苏步青著：《数与诗的交融》，百花文艺出版社，2000 年。

[6]钱永红：《章用——英年早逝的旷世奇才》，《湘潮》，2011 年第 3 期。

浙江大学数学科学学院供稿

孙凯执笔

朱自强

平常心守清贫业　满腔爱育清白人

■ 人物名片

朱自强（1930—2018），浙江杭州人。中国共产党党员。中国化学工程和生物化工领域杰出科学家、教育家。1951 年毕业于浙江大学化工系，1957 年获苏联门捷列夫化工学院技术科学副博士学位。历任浙江大学化工系燃料教研室主任、11 系（火箭技术系）副主任、化学系代主任、化工系副主任、浙江大学党委常委、研究生部主任、校务委员会委员、浙江大学出版社社长、生物系主任。1988—1992 年兼任宁波大学校长。

■ 廉洁箴言

"做人做事做学问，尽心尽力尽职责。"①

■ 廉洁故事

廉洁是师道之前提，师道是立教之根本。朱自强从教 60 余载，兢

---

① 李九伟、贺建时：《人生的意义在于奉献　深切缅怀宁波大学原校长朱自强教授》，宁波大学新闻网，https://news.nbu.edu.cn/info/1008/32877.htm，2018 年 3 月 2 日。

兢业业，勤勤恳恳，持俭守节，以正直之操守投身科研，以廉洁之品格教书育人。为学、为师、为政，公忠坚毅、恪尽职守、襟怀坦白、无私奉献，是朱自强坚守一生的信条，也是其一生光辉品质的真实写照。

勤俭治学，厉行节俭做学问

朱自强曾任浙江大学第一任研究生部主任，第一任出版社社长等职。在任期间，他坚持"勤俭治学"的方针，千方百计节约开支，大力倡导精打细算、厉行节约的良好风尚，并养成了记账的习惯，对每一笔支出都做到心中有数，把钱用在刀刃上。朱自强也身体力行，用实际行动来践行勤俭节约的品格。在实验教学中，他充分利用各种实验物品，对可以手工制作的器材均一一亲手制作完成，同时发挥自己和学生的创造力，进行废物循环利用。每次去开会或办事，凡是能够坐火车的尽量坐火车，凡是能够在杭州家里住宿的尽量住在家里，不住宾馆。不仅如此，朱自强在生活中也勤俭朴素，冬天里一双棉鞋和一件棉衣就是他的标配，一件大衣他穿了 10 余年，上面布满补丁，在外倘若不说，没有人能想到他是浙大的教授。

生活上的勤俭节约让朱自强将更多的注意力放在了科学研究和教书育人上。在玉泉校区图书馆，人们总能看到一个老人，虽满头白发，但精神矍铄。朱自强在学术上造诣深厚，尤其在化工热力学、传质分离、生物化工等领域取得了丰硕成果，多次获得教育部、省市科研成果奖，发表众多高水平论文，是我国化工界令人敬仰的学者，为浙江大学化工学科发展做出了不可磨灭的贡献。

鞠躬尽瘁，舍身忘己办事业

朱自强一生工作认真、勤勤恳恳，将发展学校事业作为自己不懈的奋斗目标。他常说："学校党委看重我，要我出来做事，我从不讨价还价，党员怎么可以讨价还价？"朱自强一生谦虚行事、低调做人，他曾提到，"我谈不上什么贡献，只不过认真、肯干而已"，"一个学校要办起来，是要花精力的，稀里糊涂就想出成绩，是不可能的"。朱自强一心扑在工作岗位上，甚至不惜牺牲自己的身体健康，换回事业的高质量发展。

1990 年 3 月，朱自强任宁波大学校长期间得了急性胰腺炎，这是被称为"七死三生"的腹部外科中最严重的疾病，他被送到宁波第二医院，但当时医疗水平有限，在得不到较好的治疗后不得不转到杭州治疗。朱自强被抬到火车的行李车上，经过多方辗转，最终送到浙大医学院附属第二医院。当时他高烧不退，39℃高烧持续了 20 多天，白细胞数下降到 1 万以下，交叉感染概率很大，生命岌岌可危。为了消除炎症，他每天要打 7 公斤的盐水和药物，全身水肿了起来，静脉全部硬化，无法进食，只能靠一条管子维持生命。朱自强回忆时曾感慨，当时他与死神进行了一场艰难的搏斗，身体的疼痛感至今令其感到畏惧。

朱自强在生死边缘挣扎了两个多月，5 月时病情有了好转，但他的头发已经大量脱落，体重减少了 15 公斤，精神状态大不如之前。当时有人劝他说："老朱，你的命要紧呀，你要好好养病，别再担心工作了。"但朱自强坚定地说："我要对得起组织对我的信任和培养，只要活着，我就还要回宁波大学。"

1990 年，宁波大学第一届毕业生毕业。举行毕业典礼的那天，朱自强准时出现在主席台上，为首届毕业生授予学位，送他们

朱自强校长（中）主持毕业典礼

走向社会。人们不知道的是，朱自强前两天还在病房中打点滴，但他要求提前出院，就是希望能够给首届毕业生送上最美好的祝福。

启真厚德，公忠坚毅育桃李

朱自强认为做事、做学问的核心问题是做人，这是一个根本性的问题，人做不好，做事也做不好，做学问也做不深。做人做好了，做事、做学问必能做好。他曾在讲座中告诫学生：做人要时刻惦记着你的服务对象，要为国家、为社会着想，时刻尽到自己的责任。

三尺讲坛上，朱自强用一丝不苟的态度教导学生做人做事做学问。毕业留校任教后，朱自强对学生要求极严，"他们都知道我这个人严得要命，也很怕我。假如我吩咐你做的事情你做不好，我是要讲话的，做出来马马虎虎我不买账"。学生们也都明白他的良苦用心，逢年过节都会来家里探望。朱自强一贯谦逊，谈起他出色的学生们却如数家珍。

辛勤耕耘数十载，朱自强依然尽心尽力尽职责地想要为学生、为学科多做一些贡献。退休后的朱自强为了编写教科书，常年在图书馆查阅大量资料，与粗茶淡饭为伴，挑灯夜战。后来出不了家门，就在家里辟出一间斗室，每天拿着放大镜，凑到纸张前，一字一句地继续编写他的教科书。书上的知识点，他已经教了几十年，了然于胸。他一边写，一边琢磨着怎么样让学生在读这本书时更容易学得全、学得透。像这样的教科书，朱自强退休后编写了3本，最后这一本，一写就是8年。尽管如此，朱自强仍壮心不已，"学生年纪轻，很多东西要学要做，我多花时间，就能让学生花最少的时间学到充实的知识。假如我还有精力，还有一本想写"。

朱自强一生热爱学习、热爱工作、热爱生活，他爱同志、爱学生、爱家人、爱学校、爱国家，他是一个充满着爱又不断地给予社会温暖和关爱的大写的人。朱自强人生的座右铭是"做人做事做学问，尽心尽力尽职责"，彰显着其公忠坚毅、恪尽职守、襟怀坦白、无私奉献的品格。他严谨求实、孜孜以求的科学态度，勇于开拓、忘我工作的奋斗精神，坚持原则、清正廉洁的高尚品德将永远感染、激励后人，烛照青年学生奋勇前进。正因如此，浙大化工校友为弘扬朱自强的精神，设立了"朱自强–苏泊尔"奖学金，激励一代又一代化工学子至诚至真地践行求是精神。

◼ 廉洁信物

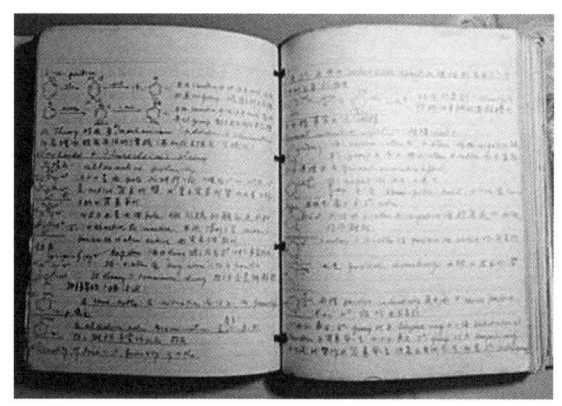

朱自强的笔记本

参考文献

[1]李九伟、贺建时：《人生的意义在于奉献　深切缅怀宁波大学原校长朱自强教授》，宁波大学新闻网，https://news.nbu.edu.cn/info/1008/32877.htm，2018 年 3 月 2 日。

[2]《求是之始曰"忠"——化工系退休教授朱自强为学、为师、为政的一世忠心》，朱自强家人提供。

[3]浙江大学化学工程与生物工程学院编：《大野芳菲——浙江大学化学工程与生物工程学院成立 90 周年纪念文集》，院系资料，2017 年。

[4]《化工学报》编辑部，《沉痛悼念朱自强教授》，《化工学报》，2018 年第 1 期。

浙江大学化学工程与生物工程学院供稿

黄浩执笔

曹楚南

传清廉以克己　化腐朽为传奇

■ 人物名片

曹楚南（1930—2020），江苏常熟人。中国共产党党员。腐蚀科学与电化学家，中国科学院学部委员（院士）。1994 年入职浙江大学，担任化学系教授。曾任中国腐蚀与防护学会理事长、名誉理事，浙江大学图书馆馆长、环境与资源学院院长。在中国领导和开拓了腐蚀电化学领域，建立了完整的金属腐蚀电化学理论体系，领衔创建了金属腐蚀与防护国家重点实验室，是国家自然环境腐蚀站网的奠基人之一。

■ 廉洁箴言

"有能力的人都是将心思放在研究工作上，只有那些工作能力差的人才到处鼓包。"[1]

"其实，治学要用笨功夫是大家都知道的道理，只是我对于这个道理，是通过学习中的成功与失败和工作中的摸索，比较晚才切身领悟

---

[1] 李瑛：《沉痛悼念我的恩师曹楚南先生》，浙大化学微信公众号，https://mp.weixin.qq.com/s/5m6j90gkaQeOYK64r_iZUA，2020 年 9 月 7 日。

到的。"[1]

廉洁故事

　　曹楚南一生淡泊名利，对自己、对学生严格要求，从未在科研项目申请、学生人才项目评审与职称晋升、学科资源分配等方面出面"打招呼"，是业内公认的学术清流。据他的学生冷拥军回忆，"曹先生不但治学认真严谨，而且淡泊名利，潜心科学研究。他多次婉拒企业的顾问之职"。曹楚南开拓了我国腐蚀电化学领域，取得多项创新成果，多次圆满完成国防生产建设科研任务，出版了《腐蚀电化学原理》等专著。

困知勉行，腐蚀学界拓荒者

　　1952年，曹楚南大学毕业，彼时，新中国百废待兴，腐蚀科学研究领域几乎一片空白，既没有先进设备，也找不到相关书籍和资料。于是，他凭借着过硬的外文功底，与人合作连续翻译了3本国外腐蚀学科的著作，后又自己单独翻译了2本著作，为研究工作打下了扎实的基础。

曹楚南在家中撰写《腐蚀电化学原理》

---

[1]　中国科学院学部联合办公室编：《中国科学院院士自述》，上海教育出版社，1996年，第920页。

当时的曹楚南风华正茂，一帆风顺。可是在随后发生的一场政治风暴中，他被下放到长白山下的山区农村插队落户。虽身处逆境，他却毫不气馁，依旧对国家满怀热爱，对从事的工作尽职尽责，不求回报，不问名利，洁清自矢，砥节奉公。后来，他被调回研究所，便将全部精力都放到了事业上，为人正直，两袖清风。

20世纪50年代末，曹楚南担任关于铝合金阳极氧化研究课题的实际负责人。有一次，他从国外对这一课题的研究结论中发现了一种隐秘的新规律，于是便一个人躲在实验室里开始夜以继日地演算。一连几个星期下来，瘦了一大圈的他终于证实了自己的观点，得出的动力学理论方程式让我国的腐蚀电化学在理论上有了重大突破，更为铝合金在日常生活中的应用工艺提供了理论基础。

不论身处什么环境，曹楚南始终坚守初心。正如他在不平凡的岁月中感悟到的人生真理："人，要自个儿成全自个儿。"2010年，他设立曹楚南基金，累计捐献50万元，用以奖励全国范围内在腐蚀电化学领域有突出贡献的学者。

抱诚守真，躬亲力行验成果

20世纪60年代，四川省输出含硫天然气的管道选用的钢材在使用短短几个月后就被腐蚀，多处发生泄漏，引发爆炸事故。曹楚南听闻四川天然气田对于他们研究的气井缓蚀剂能否用于产气井有不同意见，便毅然申请到现场去实地考察。他住在离工地40余里、临时搭建的草棚里，遍地是老鼠和小虫，但他毫不在乎，坚持每天翻山越岭到工地去和技术人员、工人们一起搞试验。忙碌了一天后，每晚他还坚持做试验笔记。经过4个多月的艰苦工作，他创造性地提出了缓蚀剂的"后效"概念及增强后效的途径，解决了硫化氢腐蚀引起的断裂和气井爆炸等实际问题。该成果荣获1978年全国科学大会重大成果奖。

曹楚南总是不断地提出许多新的创造性理论和观点，推动腐蚀电化学理论的发展，并把自己的科研成果应用于生产和实践。

1973年，曹楚南参与低合金钢海水腐蚀的研究。当时，为发展海洋用钢，这个项目已开展了近十年，试验的钢种达300余种，但一直得不出结论，被称为"十年徘徊"。曹楚南参与这个项目研究后，和科研组的同志深入到海军中，运用快速评比低合金钢耐局部腐蚀性能的实验方法，很快证实添加在这种钢中的一种强化元素是导致其耐局部腐蚀性能差的主要原因。根据研究结论，该项目改产了其他耐局部腐蚀性能好的钢种，提高了国产舰艇耐海水腐蚀的性能。

20世纪90年代，三峡工程动工前，迫切需要相关的科学数据作为支撑，其中包括金属材料在当地腐蚀情况的数据。曹楚南回忆起20世纪60年代我国曾一次性地在全国30多个地点埋下了金属和非金属材料试样，其中一个试验点就在三斗坪。他立即会同有关部门，发动了许多老科学工作者共同回忆埋试样的确切地点，还出动了工兵用探雷仪器来回寻找。最后，在三斗坪的一片橘树林里，研究人员找到了深埋的金属试样和混凝土试样。这个试样，为金属在当地环境下受腐蚀的情况提供了可测的数据，推动了三峡工程的动工。

1998年，曹楚南（前排左三）赴浙江南都通讯有限公司考察

冰壶秋月，清风峻节传教者

曹楚南将毕生的精力奉献给了科研、教育事业。他具有远见卓识，富有开拓精神，以国家的重大需求为目标，为我国的腐蚀科学和电化学学科做出了重大贡献。即便已逾耳顺之年，仍不肯有丝毫懈怠，他说："我调浙大时，已经64岁，年龄越来越大了，应该更加抓紧在业务上多做一些工作。"正如他的学生，浙江大学化学系胡吉明教授所言，曹先生一直是"威严、严谨、可爱"的师长。

化学系王建明教授是曹楚南的博士研究生，1996年博士毕业后，加盟曹楚南在浙大化学系的研究团队成为同事。王建明提及，每到成果（论文）署名时，对于直接参与的工作，曹楚南总是建议将自己的名字放在后面，对于没有直接参与的工作，则建议不署名，可谓虚怀若谷，具有严谨求实之大家风范。

曹楚南的学生常守文在72岁高龄时回忆恩师这样说：我每次都理所当然地把老师的名字写在第一位，曹老师每次都把他自己的名字改在第二位。改到最后一次，发现老师终于没有再改署名顺序。然而一天下午快到开会时间时，我在隔壁屋里听到曹老师房间的关门声，收拾收拾出来时，看到有一个人陪曹老师往楼梯方向走。我稍远地跟着他们，听见曹老师对那人说，小计（学报编辑计又为），常守文有篇稿子投到学报了，我估计，他还是把我的名字写在了第一位。如果稿子能用，你一定要把署名顺序改过来，把他写在第一位。老师如此淡泊名利、提携后人的情怀深深地震撼了我的心灵。

在繁忙的研究与教学之外，曹楚南还参与了"院士科普书系"的撰稿工作，完成《悄悄进行的破坏：金属腐蚀》一书，从生活中的现象写到复杂的工程技术问题。撰稿过程中，他始终秉承实事求是的精神，"我所写的书中，所提及的每一件事情，都是有出处、有根据的"。

曹楚南学识渊博、治学严谨、认真负责、正直坦荡、为人谦和、作风民主，真诚地对待同事和学生，为国家培养了大批金属腐蚀和电化学领域的人才，他的高风亮节赢得了广大师生的爱戴和敬重。

廉洁信物

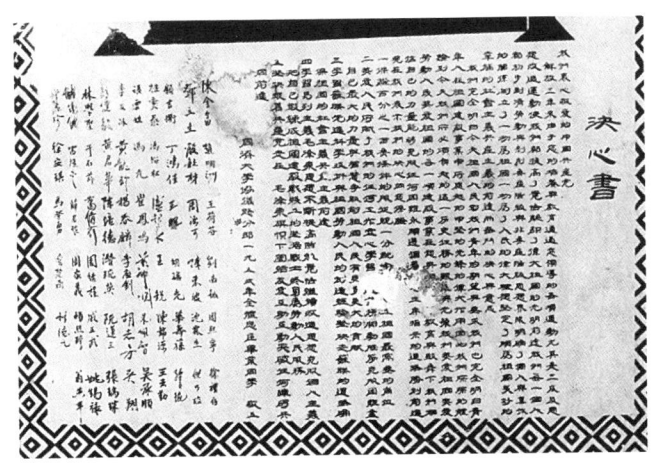

曹楚南大学毕业时服从国家统一分配的决心书

参考文献

[1] 李瑛：《沉痛悼念我的恩师曹楚南先生》，浙大化学微信公众号，https://mp.weixin.qq.com/s/5m6j90gkaQeOYK64r_iZUA，2020 年 9 月 7 日。

[2] 中国科学院学部联合办公室编：《中国科学院院士自述》，上海教育出版社，1996 年。

[3] 冷拥军：《追忆我的导师曹楚南先生》，浙大化学微信公众号，https://mp.weixin.qq.com/s/xqBdQK7K2KiGkv86g_M2g，2020 年 9 月 15 日。

[4]刘鸿:《纪念我的导师曹楚南院士》,浙大化学微信公众号,https://mp.weixin.qq.com/s/i4mfLwdw8IVcrKrBKl6RcQ,2020 年 9 月 9 日。

[5]胡吉明:《我眼中的曹楚南先生》,院系资料,2020 年 8 月。

[6]常守文:《我敬仰的老师——曹楚南先生》,浙大化学微信公众号,https://mp.weixin.qq.com/s/jHeBIHNbwwjcPzt0LiTuyw,2020 年 8 月 29 日。

浙江大学化学系供稿

王千雨执笔

沈之荃

荃蕙有奇性　馨香道为人

■ 人物名片

沈之荃，1931 年生，上海人。中国共产党党员。高分子化学家，中国科学院院士。1980 年起，先后在浙江大学化学系、高分子科学与工程学系任教。曾任浙江省科学技术协会副主席，浙江大学化学系主任、高分子研究所所长等职。

1995 年获浙江省"十大杰出女性"和劳动模范称号、全国教育系统劳动模范称号和人民教师奖章。1998 年被评为第二届"中国十大女杰"。

■ 廉洁箴言

"我认为，一个人一生对国家、民族、人类社会做出有益的贡献，那就是成功，当然也包括家庭幸福、个人成就等等。成功并不一定是指出名、发财致富。"①

---

① 浙江大学高分子系编：《沈之荃院士姚克敏教授伉俪集》，院系资料，2021 年，第 63 页。

◾ 廉洁故事

沈之荃一生坚持廉洁奉公，清清白白做人、干干净净做事。父亲给她取名"之荃"，就是希望她像荃草那样根植中华大地，不求闻达依附，但求淡泊人生、荃意芬芳。家庭与学校教育让她从小就决心要好好学习、自强自立，力争为国家做事情。

安之若素　宁静致远

勤俭、朴素是沈之荃的一贯作风。1979年底，沈之荃与家人搬至杭州，没带什么家具，书却装了好几个箱子。刚来浙大时，沈之荃的办公室就在实验楼里，面积不足10平方米，对门就是实验室。实验室的柜子上放着学生的测量仪器，冰柜里存放有实验药品，药品散发出一些气味；办公室内的座椅也已经褪色和破损，露出里面黄色的海绵。沈之荃就在这样的环境下认真治学。

1998年夏天，时任浙江大学党委书记张浚生到高分子系看望沈之荃，发现她的办公条件很简陋，4个人挤在一间办公室里，连直线电话都没有。看望回来后的当天，张浚生就要求有关部门为沈之荃所在的办公室装上了电话。直到后来学校新建了高分子系大楼，沈之荃才有了一间属于自己的办公室。这间办公室依然保持了她一贯的风格，整洁而又简单，没有任何装饰品。

静以修身　俭以养德

在浙江大学玉泉校区待过的人大多听说过，有一个"老太太"每天都要骑着一辆旧式的自行车风风火火地往高分子楼赶，成为当年浙大校园里一道亮丽的风景线。直到沈之荃年近八旬，老伴怕她这么大年纪骑车有危险，好说歹说，才总算让她放弃了骑车，改成每天坚持步行上班。哪怕是到上海、南京等外地出差，沈之荃都坚持坐大巴过去，省下来的钱就用作科研经费。

沈之荃的简朴和低调是刻在骨子里的。作为院士，沈之荃去医院挂号是有绿色通道的，但是她通常都选择和其他人一起排队。有一回沈之荃挂号时被同学们认出，大家请她去绿色通道，她笑着摆摆手说："不用了，你们也赶时间，我们一起排一排就好。"

沈之荃在穿着打扮上十分随意，一件西装穿了数十年，学生们都对此印象深刻。有一回，两位同学边交流边步入教学楼，余光瞥见楼梯下方有位衣着朴素的老人正低头收拾废纸板，二人都没有留意，直至转过弯，才发现那竟然是沈之荃。

沈之荃家中摆设俭朴、淡雅，没有字画，更没有古董，有的都是儿孙涂鸦的作品，但沈之荃奉为至宝，笑盈盈地向客人们介绍这些画的来历，言语中难掩满足与欣慰。

沈之荃家中收藏的孙辈作品

沈之荃家里的打印机一般备有两种纸：一种是"半废纸"，都是从其他地方回收来的用过的纸，用来打印一些不是很重要的文档；一种是新纸，用来打印正规文档。沈之荃打印文档都要用双面打印，如果学生送来的论文没有双面打印，是必然会被她批评的。

严谨科研　精心育人

在传播知识的过程中，沈之荃还十分注意培养学生的科学世界观和科研道德观。她对学生的高标准和严要求是出了名的。

"结果重复过了吗？"这是沈之荃最常说的一句话。在她看来，科学研究容不得半点马虎，越是看似完美的数据，越是要多做几遍实验以保证其可靠性。在沈之荃近乎严苛的要求下，每个实验学生至少都要重复做3次。她常对学生说："做科学研究最要紧的是要有严谨的科学态度，必须实事求是。科学研究中一定要老老实实，实验做出来是什么就是什么，来不得半点虚假。"

虽然是一名"老"教师，但沈之荃总是穿上白大褂亲自做实验，而不是交给助手或是学生。浙江大学高分子系教授凌君回忆说，有一年春天，彼时还是学生的他在实验室里做动力学实验，正当他忙着在烧杯里进行化学反应时，年近七旬的沈之荃走了进来。"我当时和沈老师打了个招呼，就继续忙着手里的实验了。"凌君说。过了一会儿，凌君突然发现还需要3个干净的烧杯，而自己又抽不出手，没想到沈之荃已经默默地洗好了3个烧杯，放在了他桌边，告诉他"可以用了"。"不仅没有批评，还亲自替我准备好了烧杯，实在是很意外。"凌君说起这段往事的时候十分怀念，"沈老师同我们没有距离感。"

"在她身上，我们看到了老一辈知识分子的风骨。这在略显浮躁的今天，尤为珍贵。"沈之荃的学生说。"不熟悉沈老师的人会有点怕她，但我们都觉得她很亲切。"沈之荃指导的第一个博士、现任浙江大学副校长吴健回忆说，"像购买试剂、搭建实验装置这些粗活、累活，做实验，沈老师也亲自上阵。闲暇时候，她会带我们去郊外野炊，或是去她家里玩。无论是在学习还是在生活上，她都非常关心爱护我们。"

在苏州大学时，沈之荃就是一位尽职尽责的班主任，碰上经济困难的学生，她会悄悄地用自己微薄的工资来接济他们。来到浙大以后，她依旧关爱学生，同时更加重视对学生人生观与价值观的培养，用自己的实际行动诠释教书育人的真谛。

身为院士，沈之荃从来不摆架子，待人和蔼可亲、平易近人。不论是上课还是做讲座，都坚持站在学生当中，绝不坐下。2005 年，浙江大学第 13 届 DMB（登攀）节邀请沈之荃为《科学与人生》栏目做名家讲座，当时已 74 岁高龄的她，在两个半小时的讲座时间里，始终坚持站在演讲台上。当同学们用热烈的掌声请她坐着讲课时，她笑着说："站着讲更精神。"当天，180 人的报告厅被 300 余名学生挤得水泄不通。

虽然在科研与教育的事业上取得了卓越的成就，但沈之荃一贯坚持："工作是大家做的，成绩和荣誉应该归功于集体。"她明亮的眼睛里闪烁着智慧的光芒，总是那么神清气爽，思路敏捷，声音洪亮。她一直工作到 2018 年 9 月，以 87 岁高龄正式从浙江大学退休。没有奖章，也没有任何仪式，她就这样默默地功成身退，一如她一贯低调谦逊的处事风格。

从 1952 年投身国家建设，到 2018 年退休，沈之荃数十年如一日，辛勤耕耘在科研教学第一线，不改初衷，身体力行，以一个甲子的时光践行了"为国家、为民族多做贡献"的信念。褪去光环，沈之荃始终是那个坚持简朴生活、关爱学子的沈老师。她说，她只是一个普通人，

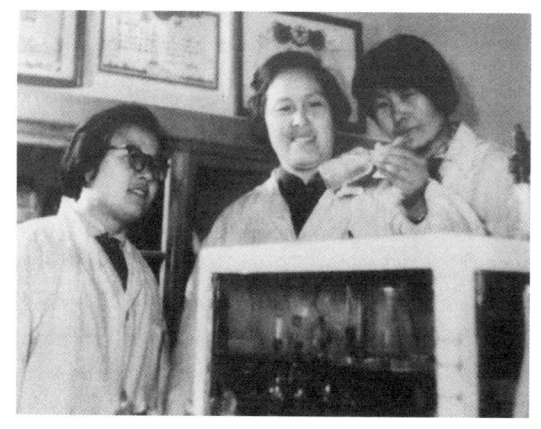

沈之荃（中）在指导实验

一个科研工作者，一个教师。

脚踏实地，从平凡中见伟大、在低调中显睿智，沈之荃一生勤奋、艰苦朴素，无愧于学生、无愧于国家，她高洁的品格将永远被浙大师生铭记。

■ 廉洁信物

一件西装沈之荃穿了几十年

参考文献

[1]浙江大学高分子系编:《沈之荃院士姚克敏教授伉俪集》，院系资料，2021年。

[2]吴雅兰:《选择即风骨！向浙大"80后"女院士致敬！》，浙江大学微信公众号，https://mp.weixin.qq.com/s/ATZUA-QIQ_I6EIFpZCGm2Q，2019年7月5日。

浙江大学高分子科学与工程学系供稿

夏旭宇执笔

沈家骢

清风随行　不忘初心

■ 人物名片

沈家骢，1931 年生，浙江绍兴人。中国共产党党员。高分子化学家，中国科学院学部委员（院士），中国超分子化学的开拓者之一。1952 年毕业于浙江大学化学系。1995 年，被双聘为浙江大学高分子科学与工程学系教授。1999 年兼任浙江大学化学工程与生物工程学院院长。2009 年任浙江大学生物医用大分子研究所所长。

■ 廉洁箴言

"要服务于老百姓，提高老百姓的生活（水平）。"①

■ 廉洁故事

"分子虽大统计好，行政唯艰公为先。试看人间多少事，几人如君两样全。"这是熟悉沈家骢的人对他几十年学术工作所作的评价。沈家骢出生在抗日战争时期，求学之路充满着坎坷。但他并没有被生活的重

---

① 浙江省杭州第四中学：《四中英才录｜中国科学院院士沈家骢：中学培养了我对化学的兴趣》，浙江省杭州第四中学微信公众号，https://mp.weixin.qq.com/s/pc7DV550aO_Dd81F_IA1oA，2021 年 3 月 18 日。

担压垮，反而因艰难而清贫的生活锤炼出清正廉洁的灵魂。沈家骢一生两袖清风，将自己的一切奉献给了国家与后辈。

勤工俭学，苦难中发芽

"我碾过米，去打过石头，但我非常幸运地考进了浙江大学，正是在这个时候，我感受到青年团、共产党的亲民政策，关心我们每一个同学的生活、学习。"1949 年 5 月杭州解放，同年，沈家骢考入浙江大学化学系。然而清贫的家境一度令沈家骢无法顺利求学。父亲希望他放弃学业，减轻家庭经济负担，可梦寐以求的机会近在咫尺，在家庭责任和求学理想的两难之间，沈家骢陷入了深深的痛苦之中。关键时刻，班级里的共青团团员站了出来，带动着全班同学一起，坚决支持他继续学习深造。

为了完成自己的学业梦想，就读浙大期间，沈家骢一直坚持半工半读。放假期间，他与同学们一起去打石子、碾米；课余时间，他积极参加社会活动。全班的劳动报酬和同学们的个人捐助为沈家骢的求学提供了莫大的帮助。沈家骢就在这样的境遇下开启了自己的学术道路。

1950 年，沈家骢（第四排右三）与浙江大学化学系师生职工合影

生活的忙碌并没有成为沈家骢求学路上的绊脚石，反而使得他更高效、更专注地投入每分每秒的学习当中。这段特殊的经历培养了沈家骢参与社会活动的热情和勤俭的品德，同时铸就了他清正廉洁的人生底色。

两袖清风，成名不慕名

1952年，沈家骢响应国家号召，提前一年从浙江大学毕业，北上长春，投身东北人民大学（1958年更名为吉林大学）化学系初创工作。

来到吉林大学之后，沈家骢先师从陶慰荪先生学习有机化学与高分子化学，后师从"中国量子化学之父"唐敖庆教授研究聚合反应统计理论与微观动力学，受吉大的前辈教授影响颇深。师从唐敖庆的几年里，除了继续完成自己的学业，沈家骢也逐渐被唐先生坚定地为国家发展与教育事业奉献的理念感染。几年后，沈家骢作为吉林大学高分子的创始人之一，承担起承上启下的使命，把不慕虚名、不计待遇、培养人才、奉献国家的教育理念贯彻到自己的教育生涯中。

当选中科院院士之后，沈家骢依然极为简朴，食宿、出行从不讲究，将所得奖金全数用于青年人才的培养上，毫无保留。2007年12月，沈家骢院士和张希教授将他们共同获得的国家自然科学奖二等奖50万元奖金全部捐赠给吉林大学"唐敖庆奖学金"。在沈家骢等人的积极倡议下，2008年7月，吉林大学唐敖庆教育基金会正式成立；2016年6月，沈家骢捐款50万元，用于唐敖庆教育基金会的建设发展。

此外，自2007年起，沈家骢对浙江大学发放给他的工作津贴分毫不留，全部捐赠给高分子科学与工程学系"杨士林奖学金"，用于鼓励高分子学子，坚持10余年，至今已达135万元。但在此过程中，他多次拒绝学系对他事迹的宣传。

沈家骢一生致力于科研，而没有一刻心念的是名利。他学术造诣极深且多次获奖，对于自己的奖金却是分文未取。如果说这些捐款是他对唐敖庆精神的传承与弘扬，那么一生的清廉便是他对自己奉献教育、发展国家这一志向的坚守。

桃李芬芳，春泥也护花

"作为科学家来讲，我这几十年主要跟着别人走。现在已经走入'无人区'了，前面没有人了，要自己闯了，所以难度更大了，更需要我们发挥作用了。但是，很遗憾的，我老了。现在我唯一的工作，就是把这帮年轻人带好。"这是沈家骢在一次采访中所说的，在提到"很遗憾"的时候，他的眼里闪烁着泪花，似乎仍想为中国的科学事业、为中国人民的幸福生活尽一份力。但是他也提到，现在的社会条件下，年轻人应该感到幸福，这是我们发挥自己作用最好的机会，而他也将作为后辈的引路人，期待着新一代走入"无人区"的一天。

沈家骢无时无刻不在践行着自己培养后辈的理念。他认为，"当下有着很好的形势、很好的发展空间和上升空间，有发挥自己力量的很好的渠道，有等待年轻人的机遇与挑战，是他们发挥个人最大作用的最好时机"。所以，90 岁高龄的沈家骢仍然不遗余力地给后辈提供最大的帮助。他仍会回到曾就读的学校，启发后辈突破科研难题；仍然挂念着学系的发展，时常召集在他眼中仍是青年人的教授们，对他们的工作进行点评，为他们的探索指明方向。

老去的落红化作春泥，终是呵护了更多的鲜花在中华大地上绽放。沈家骢两袖清风、治学为国的信念与坚守影响了一代代学生。如今，他早已桃李满天下，学生中更是有不少杰出者，如后来的吉林大学校长、浙江大学高分子系主任等，他们在更多的地方发挥自己的作用，为国家的发展进步做出贡献。

▪ 廉洁信物

2019年，沈家骢（中）向吉林大学唐敖庆教育基金会捐款

参考文献

[1]浙江省杭州第四中学：《四中英才录 | 中国科学院院士沈家骢：中学培养了我对化学的兴趣》，浙江省杭州第四中学微信公众号，https://mp.weixin.qq.com/s/pc7DV55OaO_Dd8lF_IAloA，2021年3月18日。

[2]吉林大学化学学院：《读懂中国 | 如何迎接中华民族伟大复兴的新时代——专访沈家骢院士》，吉林大学化学学院微信公众号，https://mp.weixin.qq.com/s/6EhGVMj7A6q1AcCZFr2FLQ，2020年12月22日。

[3]《不忘初心的沈家骢院士》，中国粉体网，http://www.cnpowder.com.cn/news/50783.html，2019年5月30日。

[4]《生日快乐！祝贺高分子化学家沈家骢院士90华诞》，浙江大学高分子科技微信公众号，https://mp.weixin.qq.com/s/BWxJc_nal5aOOAgkIsziZQ，2021年10月8日。

[5]化学加:《沈家骢院士向吉林大学捐款百万,支持吉林大学化学学科发展》,化学加微信公众号,https://mp.weixin.qq.com/s/ZTxt7QJ2V1BzjRzwcjqwbA,2019年7月6日。

[6]崔曾多:《吉林大学举行争做新时代"大先生"研究生教师素养提升系列活动首场座谈——中国科学院院士沈家骢作专题报告》,吉林大学校长办公室,http://pro.jlu.edu.cn/old/info/1040/19302.htm,2021年10月23日。

浙江大学高分子科学与工程学系

周金来执笔

沈善洪

光明磊落 执守本心

■ 人物名片

沈善洪（1931—2013），浙江嘉兴人。中国共产党党员。历任杭州大学哲学系教授、浙江省社会科学院院长、浙江大学韩国研究所所长等职，1986—1996 年任杭州大学校长。长期从事中国哲学和中国文化史的研究工作，有专著、论文、编著百余本（篇）。其中，《中国伦理学说史》（与王凤贤合著）被学术界誉为新中国成立后第一部系统地研究中国伦理思想的有分量的著作；主编的《黄宗羲全集》共 12 册，400 多万字，获中国国家图书奖。

■ 廉洁箴言

"十年杭州大学校长，面对的各种矛盾、压力很多，容易得罪人。我光明磊落，无愧于心，绝不以个人的利益得失而做有损学校的事情。"①

"我做校长的，如果对自己的专业搞特殊化，我能说服谁？学校将

---

① 罗卫东主编：《知行合一·沈善洪教授八秩寿庆文集》，浙江大学出版社，2011年，第 2 页。

怎样办下去呢？"①

■ 廉洁故事

"光明磊落"是沈善洪对 10 年校长经历的总结，也是他一生的写照。他秉公持正，不搞特殊，一心致力于培育优良学风；为人刚正耿直，尤其对自己严格，敢作敢为，不怕低头认错；平日节俭朴素，没有官架子，待人平和，是一位真正坚持立党初心的共产党员。在这样一位校长带领的 10 年间，杭州大学成为地方性大学的排头兵，也为浙江省高等教育的发展培养了一大批人才。

廉洁奉公，秉公持正

10 年校长任职期间，沈善洪依照公道，主持正义，办事从不偏心。沈善洪的学生，杭州师范大学原副校长何俊对此深有体会，他回忆道："沈师由于爱憎分明，且不喜应酬，不免得罪一些人，也难做到事事圆满，但沈师实是秉公掌校。他亲炙的研究生共四人，无一因他而谋得出国、提拔、发论文等方便。"他的老师、老同学也没有得到特别的照顾，甚至他所在的学科与系——中国哲学史与哲学系，无论是在研究经费还是硕博士点的设立上，都未能得到什么特别的支持。同事对他有意见时，他的回答是："我做校长的如果对自己的专业搞特殊化，我能说服谁？学校将怎样办下去呢？"他在用自己的方式诠释孔子的格言："政者，正也。其身正，不令而行；其身不正，虽令不从。"

不以私人利益相关的尺度衡量他人是沈善洪作风的一大特点，这种精神与精致的利己主义形成了鲜明的对照，尤为可贵。"他看人，就看这个人是不是有才，如果有才，不管你对他好不好，他都会对你好，并

---

① 郭世佑：《今日难寻沈善洪》，《炎黄春秋》，2015 年第 11 期，第 79—82 页。

且在学术上，能帮则帮。"何俊曾经在一篇回忆文章中讲到一个故事：一位比沈善洪小10多岁的老师，当年是他的合作者。那位老师很有才，但是脾气有点古怪。一次，他对沈善洪发火，拍桌子、扔东西。沈善洪不跟他计较，事后还跟人说："不要介意。""但如果老师觉得一个人肚里没啥货，或是溜须拍马之流，那他就鄙视你。"很多学生都说，沈善洪看不上的人来家里拜访，先生连门都不给开。

沈善洪在职期间，严抓学风和人才培养，坚持公平、公正、公开的原则。对教师的职称评聘，从不搞论资排辈那一套，对学科布局和建设等所有涉及学校发展的重大问题，都以公正公平的观念对待并制定相应的处理政策。由此，杭州大学的校风日益清明，10年间涌现了许多有影响力的青年学者。

无私奉献，以身作则

沈善洪之所以能力排众议，关键还在于他的无私之心和以身作则。

当校长时，他全身心地投入学校的管理工作，无私奉献。为了做好这一公职，他极为看淡自己的学术生命，在自己的学术研究方面做出了牺牲。他曾经的同事滕建明回忆道："一项关于中国传统文化发展的系统研究曾因为行政事务的繁忙而就此夭折，这对学术界是一个损失，对沈善洪本人的学术生涯无疑也是一个缺憾，但沈善洪对此无怨无悔。有人会偶尔和他议及这个情结，沈善洪总是淡然一笑，没有一丁点儿的愤愤不平。一位富有建树的学者，为了一份公益的责任，可以如此看淡自己的学术生命，没有一定的境界是难以想象的。"诸如此类的事情比比皆是：在当时研究生名额有限的情况下，沈善洪没有为自己截留任何一个研究生名额；他当时虽然身为校长，又是学术委员会负责人，但并没有借此让自己成为博导，尽管这对他来说很容易，也顺理成章。他曾经的学生庞学铨教授在怀念他时感慨："在有些人看来，在位时不为自己所在的学科或单位争得点经费或谋得点什么，这是遗憾、不值，甚或是在脑子里缺乏点什么，而在他看来，从事学校行政领导岗位工作责任重大，就要埋头苦干，不计较个人利益，全心全意为学校的发展做贡献。这样的胸怀和品格，对于一位掌握着学校各种学术和物质资源的一校之长来说，是多么难能可贵啊。"

沈善洪的以身作则还体现在敢作敢为，不怕得罪人，不怕犯错，错了就改。据他曾经的同事、哲学系的陈村富教授回忆，当年沈善洪因错信别人的话，在 1996 年 1 月的春节茶话会上，把哲学系党政 4 位负责人都批评了一通，但知道真相后，他就认错了。陈村富说："我喜欢这种敢作敢为的领导，不喜欢那种逢人说好话，有错不认账的官员。"

作风简朴，平易近人

在生活中，沈善洪是一个简单到不能再简单的人。他的日常生活完全由妻子乐月华打理，妻子一旦到外地出差，便会把几天的菜预先做好，放在冰箱里，沈善洪则按照妻子的吩咐，循序拿出来热着下饭。"他一辈子过得很简单，家里也很简单，除了书就是书。"沈善洪的学生何俊说。

沈善洪为人真诚坦率、作风朴实。作为校长，他身上没有官气和官架子，善于和学者做朋友。他往往不是以领导者的身份，而是以学术同行的身份，与教授们交流。沈善洪对教授们推心置腹，对他们的生活也非常关心，因此教授们对他

沈善洪与妻子乐月华在一起

也很信服。他反对官场习气，有时去系里，也没有什么随从和秘书。要找他谈事很方便，他办公室就他一人，推门即谈，谈完即走。

这样一位正直率真、廉洁无私的校长深受师生们的爱戴。在其八十诞辰之际，从前的老友、部下和同行纷纷撰文，用文字表达了对他本人的由衷敬意。这些文字汇编成一本文集，名为《知行合一》。"知行合一"，正是沈善洪一生的写照。

■ 廉洁信物

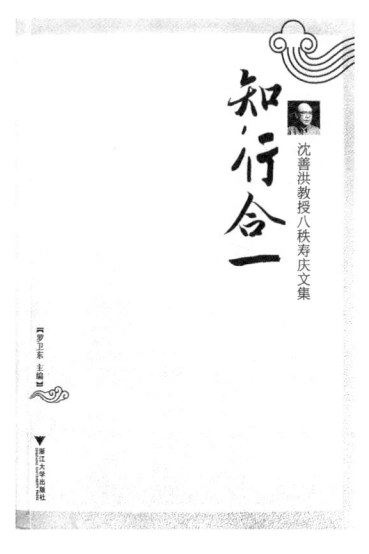

《知行合一》书影

参考文献

[1] 罗卫东主编：《知行合一：沈善洪教授八秩寿庆文集》，浙江大学出版社，2011 年。

[2] 郭世佑：《今日难寻沈善洪》，《炎黄春秋》，2015 年第 11 期。

[3]何俊：《原杭州大学校长沈善洪前日辞世，享年82岁；杭大玉消，口碑犹在，众学生追忆沈老生平——耐住寂寞 守住学问》，《今日早报》，2013年5月24日，A0006版。

[4]潘怡蒙：《有幸遇见他——纪念沈善洪先生》，浙江大学求是新闻网，http://www.news.zju.edu.cn/2013/0527/c749a64280/page.htm，2013年5月27日。

[5]浙江在线：《当过原杭州大学10年校长的沈善洪先生去世》，https://zjnews.zjol.com.cn/system/2013/05/24/019358509.shtml，2013年5月24日。

[6]何俊、葛熔金：《已故学者沈善洪：醉心学术的谦和老者》，《东方早报》，https://www.163.com/money/article/90H2F65400253B0H.html，2013年6月4日。

浙江大学哲学学院供稿

印依婷执笔

唐孝威

先生之风　山高水长

■ 人物名片

唐孝威，1931 年生，江苏太仓人。中国共产党党员。物理学家、教育家。浙江大学物理学院教授、博士生导师，中国科学院学部委员（院士）。发现中国核工业"开业之石"的见证者，中国"两弹一星"任务的亲历者，多项国际合作大科学实验研究项目的参与者，中国脑功能成像研究和神经信息学研究的开拓者，多个学科领域交叉研究的先行者，一般集成论理论的创建者。曾先后在中国科学院近代物理研究所、第二机械工业部第九研究所、中国科学院高能物理研究所和浙江大学工作。1979 年获"全国劳动模范"称号。

■ 廉洁箴言

"人生惟有廉节重，世界须凭气骨撑。"[①]

---

① 王桐荪、胡邦彦、冯俊森等选注：《唐文治文选》，上海交通大学出版社，2005 年，第 502 页。

◼ 廉洁故事

唐孝威是中华人民共和国成立后进入清华大学学习的首届学子，2001 年正式加盟浙江大学。20 世纪 50 年代，他参加了我国铀矿的野外勘探。20 世纪 60 年代初至 70 年代，他领导实验团队参加中国原子弹和氢弹的研制工程，在青海核武器研制基地和新疆核试验基地工作。70 年代中，他领导实验组进行我国返回式卫星舱内空间辐射剂量的实验测量。1978 年初，他带领中国实验组到国外参加马克－杰国际合作实验，为胶子的发现做出了重要贡献。其后，他领导的实验组在 L3 实验以及 AMS 项目等国际合作中发挥了重要作用。80 年代起，他在物理学与生物学、医学、脑科学、心理学等多个学科领域的交叉研究中做出了开创性贡献。

唐孝威的科研生涯，是一次又一次跨学科的攀登，就像一篇激动人心的乐章。作为一名科学家，他不仅贡献了丰富知识和科学成就，他的人格魅力更是给人以启迪，不断地激励一代又一代的年轻人。他德高望重却行事低调，言传身教，保持谦逊，严于律己，淡泊名利，"先生之风，山高水长"。

宁静致远，不以繁华易初心

唐孝威的办公室在玉泉校区第十二教学楼。走到 3 楼，斜对着楼梯口就是一间院士办公室，办公室的门经常开着，路过这里时便可以对内部的陈列一览无余。从他来到浙江大学，已经 20 多年过去了，但这里始终保持着他刚来时候的模样：两张桌子，几把椅子，一个台灯，其余的就是书籍、资料。只要在杭州，已经离休的唐孝威一早便会来到办公室，认真伏案工作。

唐孝威一身简单朴素的衣着，几十年如一日。与他同年级的南洋模范中学校友李宗有，曾在《我敬佩的老校友——唐孝威》一文中提到：

"南模中学 1949 届在京校友在中山公园见面。我见到孝威时，除了他已是中年外，一切都没有变：学生时代他穿的是布质中山装，现在穿的还是同等质量、差不多式样的解放装。""当时出国的机会很少，孝威除了在苏联工作过外，又参加欧洲的大型高能物理实验，他身上却丝毫没有变化，还和学生时一样，保留着中国知识分子的优秀传统。大家都称赞他说：孝威在搞科研上是国际化水平，向世界先进水平看齐；在思想品德上是中国特色，保留着中国几千年的优秀传统。后来我应邀到孝威家，看到出国多次的他，家中没有任何舶来的电器等，有的必要的家用电器均是国产的普通品。后来才知道他把可贵的外汇都交公了。"

唐孝威在陈设简单的办公室伏案工作

"云山苍苍，江水泱泱，先生之风，山高水长"，唐孝威清正廉洁的气质由内而外。他有一个"三不原则"：不收礼物、不收酬金、不受宴请。唐孝威的生日是 10 月 1 日，与国庆是同一天，但是每年这个时候他都要找地方"躲起来"，因为他不想麻烦大家给他过生日。2011 年，在他 80 岁生日之际，时任物理学系党委书记阮晓声老师邀请自己的好友、书法家、中国兰亭书画研究院院长祝人良写了一幅字——"弹星强国，顺逆一视"，和师生一同送给他。唐孝威看到礼物的第一反应是问：花钱没有？阮老师告诉他，写字的是自己的好友，请他不必记挂。随后，唐孝威与师生合影，但没有收下书法作品，而是请院系将它赠给学校档案馆。2021年国庆节是他90周岁生日，整个10月他一直没有露面，一心扑在科研和关心下一代的工作上，直到11月才回到杭州，学院为他准备的师生们手写的寄语卡片，他也均赠送给了学校档案馆。

高风亮节，风骨超常伦

"我的第一个启蒙老师就是我的祖父。"唐孝威说。他的祖父唐文治是著名教育家、工学先驱、国学大师。唐文治生平自奉甚俭，在上海交大和无锡国专经费困难时，他带头只拿半薪。国家发生大灾，他总是自己带头赈济，并八方呼吁募捐，仅在1912年至1943年的31年间，他就组织赈灾并自捐款物10多次，所赈济地区近及太仓老家和无锡、崇明、常熟等地，远及湖南、陕西等省。而唐孝威也始终保持着和唐文治先生一样的俭朴作风。有一次，他和院系的几位老师在食堂吃饭，点了一碗面条，但没能吃完还剩小半碗。他请老师们帮忙看住未吃完的面条，自己去买来打包袋，将剩下的面条打包带走。他说不能浪费，打包回家的面等晚些时间再吃。

2013年，唐孝威被学校授予浙江大学最高荣誉——"竺可桢奖"，感谢他为浙大理学学科和学校事业发展所做出的重要贡献。在6月举行颁奖仪式后，随即进行了捐赠仪式，唐孝威将奖金悉数捐给浙大教育基金会，用于设立"浙江大学求是理学助学金"，支持和帮助生活困难的大学生安心求学。简短的仪式后，他与来自求是科学班的20余位同学进行了交流。"63年前，我跟在座的同学们一样，刚进大学不久，也坐在教室里，想着怎么做科研。在座的各位作为科学研究的初学者，是祖国未来科学研究的主力军，如何科学入门呢？"唐孝威与同学们分享了自己求学和开展科研工作的经历和体会，对同学们尽早入门开展科研工作进行了指导。他还曾婉拒了 1998 年度何梁何利基金科学与技术进步奖，放弃了 15 万港币的奖金。他对一切奖励和奖金都看得很淡，只愿意老老实实地为国家多做贡献。

悉心栽培后学，润物细无声

唐孝威心系学生，办公室的门总是为学生开着。他从不以学者自居，对别人毫无架子，和学生们平等讨论，哪怕工作繁忙也一定不遗余力地教育和指导青年一代。他总是循循善诱，引导学生进步，不但教给学生严谨的科学作风，还注重培养他们的理解力、创造力。他从不计较个人得失，事事处处都替别人着想，为了祖国、为了科学，绝不吝惜自己的任何力量。为了推动意识研究工作，他曾主动提出可以在浙江师范大学做兼职导师，以联合培养的方式帮助自己的博士生带研究生。在聘任仪式上，他明确表示不接受任何薪酬和科研启动经费，他这么做，只是出于对学生以及中国意识研究工作的支持。他十分关心学院的建设发展，重视人才工作，持续扶掖新生力量，每月收到的《中国人才》等资料均赠送给学院的老师，看到一些论文和材料，也都记下来转发给有需要的师生。2019 年，唐孝威收到了许多读者的来信，他说自己年事已高，没办法一一回复信件，于是就手写了"弘扬两弹精神 建设富强中国"这样一句话，让工作人员寄给每一位给他写信的读者，并且再三说明：这属于个人事务，不能用学校的信封和邮票。

唐孝威曾把几十年的治学经验用极简练的语言写在《给有志献身科学的青年们的一封信》中，他在信中说：

有志献身科学的青年们：

你们要热爱科学。自然界有许多未知事物，等待着你们去探索和发现。许多新技术有待你们创造和发明。

科学研究中实验是基础，创新才可贵。实验是认识自然规律的创造性活动。要独立思考，自己动手，仔细观察，勇于创新。

你们不要受狭窄的专业分工所限制，应该自由思考，积极进行交叉学科的研究。

在逆境中顽强奋斗，在顺境中埋头苦干。困难和失败是科学研究中的常事，它们能磨炼人的意志。

常常要总结过去，规划未来，但最重要的是抓紧现在。

为真理而奋斗是责任，为人类作奉献是幸福。

你们要勤奋、团结、创新、执着地追求科学真理，在中国土地上耕耘收获，为中华民族争气，为后代子孙造福。

■ 廉洁信物

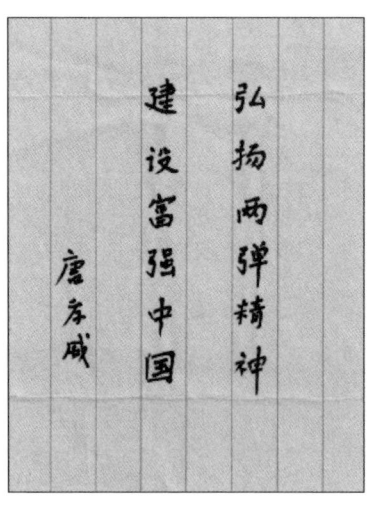

唐孝威于 2019 年 5 月 6 日题词

参考文献

[1]王桐荪、胡邦彦、冯俊森等选注：《唐文治文选》，上海交通大学出版社，2005年。

[2]周金品、张春亭著：《从原子弹到脑科学：唐孝威院士的传奇人生》，科学出版社，2003年。

[3]张鸢：《唐孝威院士获授浙大"竺可桢奖"捐赠奖金设立求是理学助学金》，浙江大学求是新闻网，http://www.news.zju.edu.cn/2013/0605/c24342a64281/page.htm，2013年6月5日。

[4]《唐孝威院士80寿辰这样过　老院士与大学生谈理想谈科学》，浙江大学求是新闻网，http://www.news.zju.edu.cn/2011/1020/c749a64245/page.htm，2011年10月20日。

[5]陈飞燕、单保慈、徐怡编：《山高水长——我的老师唐孝威先生》，浙江科学技术出版社，2020年。

[6]周发勤著：《唐孝威科学实验四十年》，中国科学技术大学出版社，1997年。

浙江大学物理学院供稿

章晨执笔

岑可法

胸怀祖国　清水人生

人物简介

岑可法，1935年生，广东南海人。中国共产党党员。工程热物理学家，中国工程院院士。1962年留学归国后到浙江大学任教。在煤炭多分级利用多联产、洁净煤燃烧与污染物控制、水煤浆代油燃烧、流化床燃烧发电和工程气固多相流动数值模拟与试验（CAT）等领域均有开拓性成就。荣获全国先进科技工作者称号、全国五一劳动奖章、全国高等学校先进科技工作者、光华科技基金一等奖、全国优秀教师、何梁何利基金科学技术奖、浙江省科学技术重大贡献奖等荣誉。

廉洁箴言

说真话，做实事，求实效。①

廉洁故事

　　清水，干干净净、清清白白。它是清正廉洁的象征，能够涤荡人们的心灵，将其思想引入广阔无垠的大海。正如岑可法院士，他的一生像

————————
① 岑可法秉承的为人处世原则。

清水一样，清白地追求着为国家做实事，潜心带领团队发展，创造了我国新能源产业发展中的一个个奇迹。

立志锅炉技术　为国补齐短板

清水无色，透明清澈，一眼见底。不遮，不掩，不隐，不藏，光明磊落，坦坦荡荡。岑可法院士给人的印象，就如一湖清水，清风拂面，散发着无尽的亲和力。

大学后期，岑可法被选为留苏预备生。当钱伟长先生问同学们去苏联学习的志愿时，很多同学都迫不及待地说出自己的志向，如"燃气轮机""航空发动机""火箭"等当时的一些尖端技术，钱先生听后露出了满意而又鼓励的笑容。但当岑可法用一声并不很响的"锅炉"道出自己的志愿时，钱先生大吃一惊地问："为什么呢？"岑可法坦然地说："我也非常愿意搞尖端技术，它将对国家发展帮助很大，但我认为民用工业技术同样需要人去做，而且锅炉燃烧技术我们比人家落后很多。他们都去学尖端技术，那我就学锅炉吧！"

后来，岑可法院士回忆说："其实，我没说出的话还有，锅炉技术特别是燃烧技术还有很多问题有待解决，虽然锅炉又脏又笨，但我立志去攻克这些问题。"值得一提的是，当时全国留苏预备生中只有他选择了与锅炉相关的专业。

1961 年，岑可法被派到苏联莫斯科
包曼高等工业大学读研究生

1962 年，岑可法学成回国，两所国内著名大学都向他抛出了橄榄枝：一所是清华大学，另一所则是浙江大学。当时的浙大热能教研组庶事草创，此前还没有像岑可法这样的留苏生回国加入。他怀着满腔热情，带着用自己所有积蓄买回的六大箱上千本书，迫不及待地于炎炎夏日自费乘火车来到浙江大学。

不务虚功虚名　潜心科研工作

留苏回国后的人员一般都选择独立从事科研工作，开辟新的研究方向，但是岑可法没有这样做，而是选择做燃烧界前辈陈运铣教授的助手。当时，他回答时任浙大校长陈伟达时说："一般人会觉得我是有学问的，干吗要跟着别人，但我的选择是当助手。一是我还年轻，二十七八岁，过程工业要知识又深又广才能做出来，面对的是大设备，完成的是大事情，一个人是打不了天下的；二是把一个大事情做好了，单位的声誉就上去了，越是没出什么成绩的地方你越能做出贡献来。"

在这之后的 21 年里，岑可法便一直做陈运铣的助手。他有着自己的大局观和高洁的思想境界，不拘泥于个人发展，而是希望自己通过做助手的过程学到更多有利于学科发展的知识。

岑可法说："我到浙大来，前面 21 年是做助手，中间 20 年是做带头人，后面 20 多年又做助手，助手—带头人—助手。"这生动地诠释了何为大局观和高洁的品性，何为能源人的责任与担当。

1999 年，岑可法在进行实验研究

聚众力发展学科　集众智无畏于前

岑可法在当助手时默默汲取知识，而成为带头人后，就竭尽全力地带好团队，影响着一代代能源人追求真理，科学报国。

2021年，在一次聚会上，有年轻人感慨于华发苍颜、时光荏苒，也想效仿岑可法不按常理出牌的风格，提了个尖锐的问题："岑院士，您做陈运铣先生的助手21年，您会觉得委屈吗？"岑院士停下筷子，磊落地答道："我觉得有个人监督我，给我提意见，很多具体事情让我做，我就很感谢。假如孤家寡人一个，那很可能搞的方向很窄，但在他的领导下，我搞的方向很宽。做工程学科，团队很重要。"

1983年，陈运铣教授不幸逝世，岑可法便挑起了担子。他没有畏缩，和大家紧密团结共同开展工作，使得这个集体不但没有垮掉，而且成为国家重点学科点。他曾经22次到鞍钢主持试验工作，行程数万公里。有一次，他从鞍钢做完试验回到杭州时已是深夜1点多，循原路到家后敲门，但家门始终紧闭，直到敲门声惊醒了邻居，邻居告诉他："你家早已搬至别处去了。"

"既要有当主角的精神，也要有当配角的胸怀""有所失才能有所得"是岑可法对学生们的教导。他摒弃论资排辈的传统观点，只要年轻人有能力，就压担子、放任务，千方百计"逼"年轻人成才，尽心竭力创造条件，拓展发展平台，培育了一大批教学、科研带头人和年轻有为的后起之秀。他的团队迄今一共获得了18项国家"三大奖"。岑可法对自己的团队感情很深："这些成果都是整个团队一起努力得来的，我只是其中的一分子。"团队中很多年轻人正在成长，在热能工程研究所团队的55人中，有40余人成为杰出人才代表。

岑可法认为，只有团结，才能做好学科。因此，他在浙大校训中间加了两个字——"团结"。在浙大热能工程研究所的大门上，就能看见

"求是、团结、创新"这 6 个亮闪闪的大字。

岑可法心怀"国之大者",带着微笑的面容总是如清水般清朗澄澈,如暖阳般温暖和煦,给人的心灵以安慰和涤荡。2005 年,岑可法 70 岁生日时,他把荣获的"浙江省科学技术重大贡献奖"的 50 万元奖金捐赠出一半,成立了"浙江大学热能工程研究所岑可法教育基金"。2010 年 1 月 15 日,75 岁生日之际,他又送给浙大学子一份厚礼,将自己多年的积蓄 350 万元捐给了浙大。之后,社会企业和热能工程研究所教师慷慨捐赠及段永平先生配比基金 350 万元,使基金总额超过了 1000 万元,并更名为"浙江大学岑可法教育基金",面向全校本科生和研究生,每年有 100 多位学生可获得该项奖学金(助学金)的支持。

岑可法带给浙大能源人的,不仅是能源学科深远发展的影响力,还是后来人在学科领域获得的自身发展,更是潜心科研、一心为国的思想启迪。新时代的能源人应遵循岑可法院士的足迹,追求自己的清水人生。

◾ 廉洁信物

2010 年 1 月 15 日,"浙江大学岑可法教育基金"捐赠仪式

参考文献

[1]杭州市科学技术学会主编：《杭州院士》，浙江工商大学出版社，2020年。

[2]贾海波、梁君英：《有建立团队的初心》，浙江大学求是新闻网，http://www.news.zju.edu.cn/2021/0114/c760a2244131/pagem.htm，2020年11月30日。

浙江大学能源工程学院供稿

徐敏娜执笔

林俊德

廉洁为公　以身许国

■ 人物名片

林俊德（1938—2012），福建永春人。中国共产党党员。中国爆炸力学与核试验工程领域著名专家、总装备部某基地研究员，中国工程院院士。1960年毕业于浙江大学。长期从事空中爆炸冲击波、地下爆炸岩体应力波、爆炸地震波、爆炸安全工程技术、强动载实验设备与实验测量技术等研究工作。入伍52年来，参与了中国全部核试验任务，荣立一等功、二等功各1次，三等功2次，为中国国防科技事业做出了卓越贡献。2012年度"感动中国"年度人物之一。2018年，经中央军委批准，增加"献身国防科技事业杰出科学家"林俊德为全军挂像英模。

■ 廉洁箴言

"不是自己研究的领域不轻易发表意见，装点门面的学术活动坚决不参加，不利于学术研究的事情坚决不干。"①

---

① 张强：《林俊德："院士不可能样样都懂"》，《科技日报》2020年1月17日，第4版。

"全军和武警部队广大官兵要向林俊德同志学习……像他那样永葆革命本色，大力弘扬我党我军的光荣传统和优良作风，自觉抵御拜金主义、享乐主义、个人主义的侵蚀和影响，淡泊名利、乐于奉献、艰苦奋斗、勤俭建军，始终保持革命军人的高尚品格和良好形象。"[1]

■ 廉洁故事

林俊德院士就像扎根大漠的胡杨，他入伍52年，参与了我国全部的核试验，一生都踏实勤奋、艰苦朴素、忠诚无私。在浙大求学时，他做人正直、不慕虚名；在马兰基地工作时，他无私奉献、淡泊名利。"干惊天动地事、做隐姓埋名人"，林俊德院士一生为国铸核盾，在困苦环境中练就了最坚忍的意志，为祖国撑起了尊严和底气。

踏实勤奋，做人正直，不慕虚名

1938年，林俊德出生于福建永春县紫美村，身为小学教员的父亲林宗海给新生的儿子取名"俊德"，希望他长大后，做一个才能、品德都杰出的人。父亲的厚望，成为林俊德人生的座右铭。但父亲的早逝让本就不宽裕的林俊德一家生活更加艰苦，非常懂事的他从小就学会了为母亲分担家务，一边读书、一边放羊。高中时，住校的林俊德常常以在家吃饭可以省钱补贴家用为由，几乎每周都回家，其实他是想为母亲多干一些活，分担家里的重担。几十公里的山路，不知道来来回回赶了多少趟。上大学时，从紫美村到最近的县城，以如今的交通方式都需要近2个小时。1955年，林俊德就是这样赤着脚，肩扛一根扁担，挑着简单的行囊，深一脚、浅一脚地走出大山，前往陌生而向往的浙江大学。

林俊德刚上大学后就发现，浙大的学生读书分外用功，都期待着

① 《习近平签署命令通令　给1个单位、1名个人授予荣誉称号　给6个单位、24名个人记功》，《中国青年报》，2013年1月29日，第1版。

毕业以后为建设国家出一份力。所以林俊德在大学期间过的是寝室—食堂—教室的三点一线式生活，在学习上十分刻苦，哪怕是星期天，也总背着书包往教学楼跑。当时学校的教学参照苏联模式，有的课程到了期末以考查的形式进行，不需要考试，老师根据同学们平时的表现、作业和讨论来打分，而且只分及格和不及格两个等级。有的课程则要考试，不仅要笔试，还有口试。一年级时，有3门课要考试，林俊德3门课程都得了5分（满分），本来

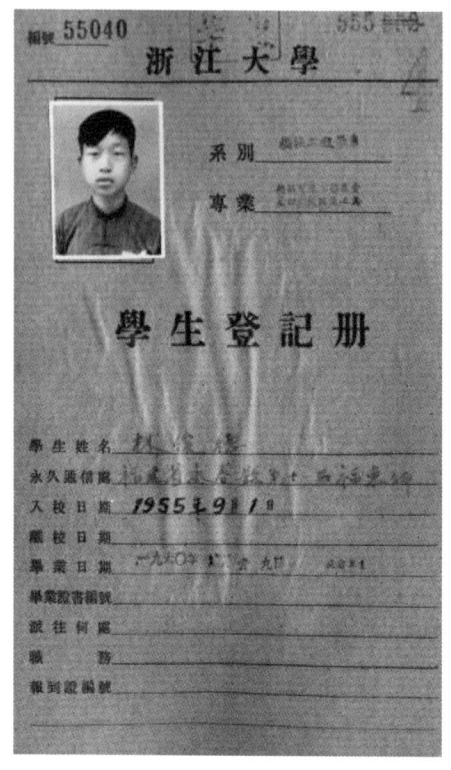

林俊德的学生登记册

有资格申请全优生，但是他没有申请，不与别人争高低。在浙大求学期间，林俊德默默地勤奋刻苦、努力学习，平时从不在同学面前表露和宣扬自己，而毕业时，他的总成绩却是班里最高的。

艰苦朴素，极致工作，淡泊一生

丹心照大漠，血汗写艰辛。1960年9月，从浙大毕业的林俊德积极响应祖国召唤，毅然走进大漠戈壁，投身到伟大的核试验事业之中。马兰基地的条件非常艰苦，根据林俊德的夫人讲述，当时马兰基地工作人员都是住在地窖里。1964年以后，才盖起了新房，条件渐渐地好转。林俊德和夫人分到的宿舍大概有12平方米，厨房是和邻居共用的，不到4平方米。林俊德夫妇也是在马兰基地结的婚，结婚仪式简单朴素。

当时，每个科研室都有独立的科研楼，每个科研楼都有会议室，会议室里有一张小的办公桌。林俊德夫妇在桌上放些水果糖和瓜子，由一个年长的同事简单证婚，就算正式结婚了。

　　林俊德一年只休息三天：大年初一、初二、初三。他说："成功的关键，一个是机遇，一个就是发狂。成功不成功，的确有个机遇，一旦抓住机遇，就要发狂地工作，所以效率特别高，不可能的事就可能了。"据林俊德的学生说，为了拿到第一手资料，他常年奔波在实验一线。凡是重要实验，他都亲临现场，拍摄实验现象，记录实验数据。这是他的专业需要，也是习惯。林俊德用确凿的数据，向全世界证明了中国第一颗原子弹爆炸成功。

工作中的林俊德（左一）

　　林俊德的生活非常俭朴。在吃穿上，他从不讲究，有什么就吃什么，部队发军装下来，他就天天穿着军装，里面的内衣是自己买的，也要穿很久才买新的。一块手表用了15年，一个游泳帽用了19年，一个公文包用了20多年，一个铝盆补了又补舍不得扔。他搞实验，动手能力强，家里的沙发和床是他用包装箱拆下的木板做成的，沙发套则是他夫人亲手缝制。除了生活上的俭朴，林俊德一生都淡泊名利。他坚决不给自己的夫人评职称，导致她直到退休都只是普通技术人员。林俊德去世后，10万元慰问金交到他夫人手上，她深深地鞠了一个躬表示谢意，说："这些钱就当作他的最后一笔党费吧，这也应该是他的心愿。老林一辈子干了他喜欢的事业，他对党和国家的爱刻骨铭心。"

忠诚无私，一心为国，担当求是

林俊德虽然在吃穿上不讲究，但是在工作上很严格，认理不认人。他非常不喜欢麻烦别人，有些同事、同学去出差，他不好意思让别人代买东西，有什么需要的，总是要等自己出差时买回来。在学术上他最反感学术作假，也拒绝送礼物、拉关系，他只会踏踏实实做研究、带学生。林俊德当选中国工程院院士之后，有学校请他担任客座教授，他一概不去。林俊德觉得，如果有学术合作，带学生做课题没有问题，但只让他当一个挂名教授，一年只去一次，这样不能真正教学生知识，所以不行。他总说："不要以为院士什么都会，院士只是在这一个学科这一个方面更精通一点，其他也需要学习。一个人的精力有限，一件事情做精了，其他事情可能就不精了。"就这样，林俊德一辈子都在坚持他的"三不"原则：不是自己研究的领域不轻易发表意见，装点门面的学术活动坚决不参加，不利于学术研究的事情坚决不干。

2012年5月4日，长年忘我工作、积劳成疾的林俊德被确诊为胆管癌晚期。在生命最后的27天里，他拒绝化疗，拒绝手术，拒绝一切影响工作的事。他每天都坚持工作，因为他意识到自己的时间不多了，他要与死神争分夺秒。即使病情突然恶化，被送进重症监护室，林俊德也强烈要求转回普通病房，他说："我是搞核试验的，一不怕苦，二不怕死，现在最需要的是时间。"他的家人说，"你该休息了，你的身体要紧"，林俊德则说，"要休息就坐着，要倒下了，就再也起不来了"。

不为人所贵，独取其根长。马兰，深深扎根于戈壁大漠，在极其恶劣的环境下依旧开花结实，具有极强的抗性和适应性。马兰精神正是以林俊德为代表的一代浙大马兰人身上所体现的精神，踏实勤奋、艰苦朴素、忠诚

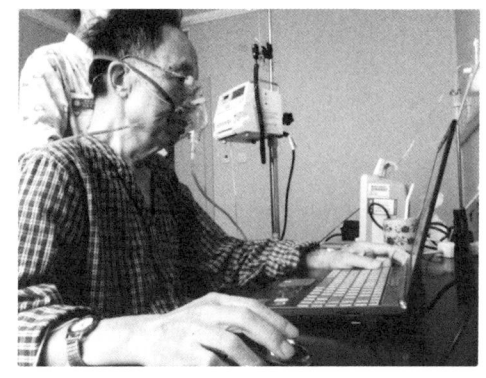

林俊德在生命的最后时刻依然在工作

无私。那一代人虽然已经离我们而去，但代表了他们精神的马兰花永不凋零，永远盛开在我们心中。

■ 廉洁信物

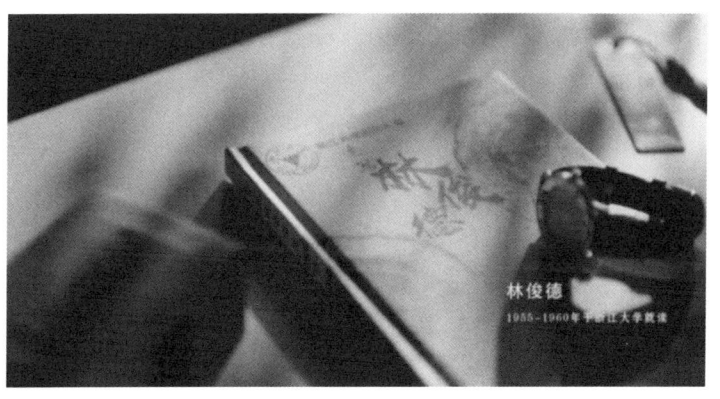

1997年，林俊德回母校浙江大学参加百年校庆时获赠的一块纪念手表
这块手表他戴了15年，直至去世都没有摘下来。

参考文献

[1]《习近平签署命令通令 给1个单位、1名个人授予荣誉称号 给6个单位、24名个人记功》,《中国青年报》,2013年1月29日,第1版。

[2]杨达寿:《热肠私情,冷面公事》,载《林俊德的求是时光》,院系资料,2020年。

[3]魏赛珍:《没有申请全优生不与别人争高低》,载《林俊德的求是时光》,院系资料,2020年。

[4]欧阳雨轩、李灵:《党史故事百校讲述丨隐姓埋名52年,人民不会忘记!来听浙大讲述林俊德院士的故事》,浙江大学微信公众号,https://mp.weixin.qq.com/s/sd0gyHK-_mMHxqnxOhc05Q,2021年4月19日。

[5]张强:《林俊德:"院士不可能样样都懂"》,《科技日报》,2020年1月17日,第4版。

浙江大学机械工程学院供稿

王芳官、赵金栋执笔

鲁 端

医者仁心 渡人渡己

■ 人物名片

鲁端（1941—2020），浙江绍兴人。中国共产党党员。1964 年毕业于浙江医科大学医学系。历任浙江医科大学附属第一医院诊断学教研室副主任、浙江医科大学附属邵逸夫医院助理院长、浙江大学医学院附属邵逸夫医院党委书记等职。参与筹建邵逸夫医院，是邵逸夫医院早期管理工作的开路人、浙江省心内科学科的创立人之一、邵逸夫医院心内科的开创者。曾担任中华医学会心电生理和起搏分会常委、浙江省医学会心电生理和起搏分会主委、浙江省医学会内科分会主任委员、浙江省心电图学专业岗位培训中心主任、《心电学杂志》主编等。

■ 廉洁箴言

"判断一个人的价值，判断成功与否，在社会发展到一定程度，不会是看他财产多寡、职位高低……当读书摆脱赤裸裸的功利目的，只是为了提升自己时，是个人境界的跃升。"①

---

① 鲁端编：《鲁端摘记》，《钱江晚报》，2016 年 7 月 24 日，第 A16 版。

"清廉是福，贪欲是祸。"①

◼ 廉洁故事

"夫医者，非仁爱之士不可托也，非聪明理达不可任也，非廉洁淳良不可信也。"从医 50 载，终生献身于医学事业的鲁端生动地向世人阐述了何为医者。

心系患者，恪守医德

"护士，我们想找鲁端教授看病，专家号已经挂完了，有没有他的名医号？"远道而来的患者和家属焦急地询问道。习以为常的门诊护士微笑着向患者耐心解释："鲁端医生没有开设名医门诊，他只有专家号，您可以找他加个号子，然后到诊室门口等待就可以了。"虽然鲁端是主任医师，拥有丰富的临床经验和娴熟的医疗技术，但他却几十年如一日，坚持只在普通专家门诊坐诊，续写了一个又一个生命传奇。总有人疑惑，曾问过鲁端："您为什么不开设名医门诊或是特需门诊呢？"他每次都淡然地表示："名医或特需门诊挂号费太贵，不是所有人都看得起的，于我而言，让那些贫困的患者能享受到优质医疗服务，把病看好就心满意足了。"不仅如此，对待偏远地区来的患者，鲁端总会提前联系相关检查科室，尽量安排他们能当天完成检查项目，这样患者就不用来来回回就诊，省时又省钱。

记得有一次诊疗中，鲁端在面诊后提醒一位重度心衰患者，赶紧付费做完检查再来诊室查看报告。然而眼看着只剩一小时门诊就结束了，却始终不见患者前来复诊，鲁端心里很是担忧，于是就让助理打电话给患者询问详情，问他是否有需要帮忙的地方。患者在电话那头难为情地

---

① 鲁端编：《鲁端摘记》，《人民日报》，2019 年 7 月 18 日，第 4 版。

表示："医生，不好意思啊，不知道检查费这么贵，钱没带够，缴费后就没有回去的路费了。来趟省城求医不容易，不知道该怎么办。"鲁端得知事情原委后，立即让助理找到患者，帮忙垫付了近千元检查费。患者当天顺利完成检查，复诊后配药回家。鲁端对素昧平生的患者伸出援助之手让他非常感动。一周后，这位患者的儿子来到鲁端诊室，将一面锦旗与一个装有现金的信封放在桌上，鞠躬表示感谢。鲁端误以为是来送礼的，于是义正词严地拒绝了他："我作为医生，任何帮助病人脱离病痛折磨的行为都是本分，不需要送礼塞红包，否则我从医的目的就变得不单纯了，锦旗就是对我工作最好的嘉奖。"患者儿子说明真相后，他才收下锦旗与垫付的检查费。

正因为鲁端的细心与博爱，很多患者从初次诊疗后就坚定地追随他。有门诊的日子他总是一早到诊室等待患者就诊。因为青光眼，鲁端的一只眼睛几近失明，另一只眼睛只有 0.3 的视力，病历电子化对他来说是极大的挑战，但他怕麻烦别人，极少求助，总是默默地慢慢工作着。有时门诊结束已错过午餐时间，护士看在眼里痛在心里，会多买一份盒饭给他，但他每次都一定要把餐费还给同事。刚开始在专家门诊坐诊的时候，诊疗结束时经常会有医药代表找鲁端推销产品，而他总是不留一丝情面地回应："你们不用来找我，如果产品好、医学指南推荐，对患者疾病有益且经济能承受，不用找我也会考虑。但如果患者在经济方面要承担很大的压力，我就只选择治疗效果相同但性价比更优的产品。"推销的人员几次碰壁后自然不再骚扰他，一传十十传百，再无人刻意推销。

"作为一名科学工作者，活着就是要为人民服务。"鲁端就是这样践行着希波克拉底誓言，时刻为患者设身处地地着想。

廉以立身，俭以养德

鲁端家中并不富裕，平时也没有太多积蓄，在他身患癌症后，家里面临了较大的经济压力。得知鲁端家里的情况后，科里同事纷纷想伸以援手，但大家都知道直接捐款给他肯定行不通，便瞒着他向医院工会申领大病补贴。鲁端知晓后直接拒绝："我不需要大病补贴的，还有比我更需要的职工，把这个机会留给他们吧。"平时不多拿科室一分钱，而每当科室需要帮助时，一声不响第一个掏腰包的是他；科室团队需要建设时，第一个掏腰包的还是他。科室成立之初，开会、上课因为没有投影仪效果非常差，鲁端自己默默去买了投影仪在教室里安装上了。高血压作为心血管常见疾病，明确诊断非常重要，为了筛查四肢差异较大的高血压患者，他又自费为科室购置了一台四肢测压仪，自己研究完操作步骤后还亲自给护士们示范如何测量。

鲁端的助理有一次在他家中帮忙整理资料时，无意中发现桌上有一本有点破旧的笔记本，便好奇地打开阅读——里面密密麻麻地记载着鲁端的人生感悟，时时提醒自己要摆脱名利："我不能决定生命的长度，但我可以控制它的宽度；我不能左右天气，但我可以改变心情；我不能改变容貌，但我可以展示笑容；我不能控制他人，但我可以掌握自己；我不能预知明天，但我可以利用今天；我不能样样胜利，但我可以事事尽力。""在许多时候，我们对于物质的期望太高，对名利的追逐也太心切，因而身心交瘁，把自己弄得焦

鲁端参加义诊

虑不安。因此我们需要留一份淡泊宁静在心中，即使在追求的过程中，也能有'一蓑烟雨任平生'的从容。"……助理一开始对鲁端的行为疑惑不解，明明可以名利双收却要过清贫甚至拮据的生活。他告诉助理："学医无止境，自己精力有限，不愿意将时间浪费在享乐中，看病救人把病治好才是我最大的快乐。"

传道授业，重教兴教

退休后，鲁端依然在科室默默工作，不计报酬。每周四上午的大查房雷打不动，除了医生，护士们也都挤时间跟着查房。鲁端总会提前一天仔细阅读病历资料，到床边跟患者交流以深入了解病情。第二天查房时会循循善诱，解惑之余引导学生思考，一步步挖掘疾病鉴别诊断的关键所在。其实那时鲁端已经确诊为前列腺癌晚期，放化疗后肿瘤仍然很快转移，猖狂生长的骨肿瘤让他坐卧难安，唯有止痛药让他获得片刻的宁静。然而即使身体状况如此不堪，鲁端却依然坚持每周一次门诊、每周两个下午为实习生或年轻医师进行心电图培训；坚持每天阅读医学文献，读到有意义的内容他会主动给护士们讲课。

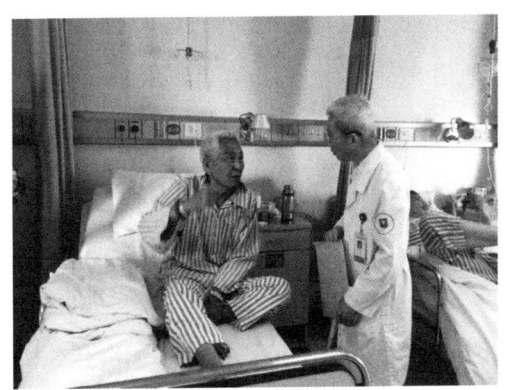

2014 年，鲁端查房时与患者交流

从教多年，鲁端深知加强教学建设、培养优秀师资力量的重要性。2018年，他从自己所剩不多的积蓄中拿出10万元交到心内科主任傅国胜手里，表达了自己想把这部分钱用来奖励科室在教学方面做出特殊贡献的后辈，于是设立了"鲁端教学奖"。

心有信仰，廉洁从医，鲁端的言传身教影响了一代又一代优秀的青年医生们向医而行、向心而行。年迈的他即使听力下降得厉害，却依旧非常努力地倾听患者的诉求，并耐心解释他们的病情，甚至常常用自己的病情去安慰患者。即使满头银发、瘦骨嶙峋、走路颤颤巍巍，他也会出现在门诊。没有人会上前劝说，因为大家知道这是他的信仰，他的使命。那么多患者他无法割舍，他在坚持走完人生所剩不多的行医路。在他心中，自己的事情都是小事，他人的不易均比天大。

"我只是一个普通的医者，做的也是分内的工作。"这是面对赞誉和荣耀时鲁端常说的话。如他所言，他将毕生都献给了祖国的心电学事业。年近古稀的他也依然保持着对医学的执着热爱，奋战在临床一线工作岗位上。鲁端的执着和热爱总是容易让人们忘记他的年纪、忘记他已身患重病。大家都不愿意相信噩耗传来如此之快，2020年，在他确诊前列腺癌并艰难地与癌症抗争的第9个年头，这位如此善良而可爱的老人永远离开了。自此，他消失在普通门诊诊室，消失在心内科病房，也消失在教室的讲台前。人们再也看不到他的音容笑貌，再也无法聆听他的谆谆教诲，再也无法遥望那座照亮无数医学生成长的灯塔。但鲁端仍以别样的方式伫立于每个人的心间。他出资并创办的"鲁端教学奖"将激励更多优秀的青年医生们延续他济世为怀的高远志向。在弥留之际，他毫不犹豫地签下遗体捐献同意书，将眼角膜捐献给有需要的病人，将光明延续。缅怀鲁端的一生，留给人们的除了悲伤和遗憾的泪水，更多的是他济世救人的医者之心，是他燃烧自己、照亮他人的奉献之心，是他淡泊名利、清贫度日的廉洁之心。

志存高远，方能登高望远；心怀天下，方能兼济万民。何为医者，便是如鲁端这般济世为怀吧。何其有幸，世间竟有如此医者！

廉洁信物

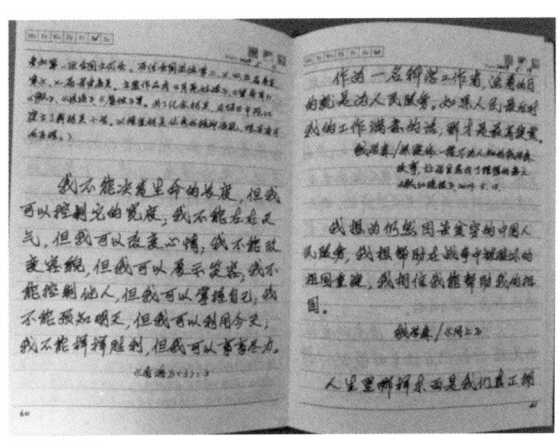

《鲁端摘记》手稿

参考文献

[1]陈端：《沉痛悼念鲁端教授》，《心电与循环》，2020年第3期。

[2]王建安：《永远的老师——怀念鲁端教授》，《心电与循环》，2020年第3期。

[3]《心电与循环》编辑部：《优秀党员，心电楷模——追忆鲁端教授》，《心电与循环》，2021年第5期。

[4]鲁端编：《鲁端摘记》，《钱江晚报》，2016年7月24日，第A16版。

[5]鲁端编:《鲁端摘记》,《钱江晚报》,2019 年 5 月 15 日,第 A4 版。

[6]鲁端编:《鲁端摘记》,《人民日报》,2019 年 7 月 18 日,第 4 版。

[7]邵逸夫心内科编:《白衣一生尽芳华医者鲁端一路走好》,邵医在线,https://mp.weixin.qq.com/s/iJamVzX6AXYl6JOh5YqRNA,2020 年 5 月 1 日。

浙江大学医学院附属邵逸夫医院供稿

傅国胜等心内科团队执笔